# Les cinq personnes
# que j'ai rencontrées
# là-haut

# Mitch Albom

# Les cinq personnes que j'ai rencontrées là-haut

*traduit de l'américain
par Édith Soonckindt*

ÉDITIONS

J'aimerais dédier ce livre à Edward Beitch-man, mon oncle adoré, la première personne à m'avoir entrouvert une porte du Ciel. Chaque année, en famille autour de la table de Thanksgiving, il nous racontait comment il s'était jadis réveillé en pleine nuit, à l'hôpital, et avait alors découvert les âmes de ses chers disparus assises au bord de son lit, qui l'attendaient. Je n'ai jamais oublié son histoire. Et lui non plus je ne l'ai jamais oublié.

À l'image de la plupart des religions qui, à cet égard, sont toutes respectables, nous avons tous notre petite idée sur le Ciel. La version présentée ici n'est jamais qu'une supposition, un souhait, en quelque sorte, que mon oncle et d'autres comme lui – ces gens qui ont pu croire leur passage sur terre sans importance – se rendent compte au contraire qu'ils en ont eu beaucoup et aussi combien ils ont été aimés.

# Fin

**Laissez-moi, si vous le voulez bien**, vous conter l'histoire d'Eddie, une histoire qui débute par sa mort lors d'une belle journée d'été. Une histoire qui commence ainsi peut paraître étrange, effectivement. Il suffirait pourtant que vous acceptiez qu'à leur manière les fins sont des commencements aussi, mais que l'on en a rarement conscience sur le coup, c'est tout.

**La dernière heure** de la vie d'Eddie fut en tout point semblable aux autres heures de sa vie qui se déroula essentiellement dans l'enceinte de Ruby Pier, une fête foraine estivale installée près d'un immense océan gris et comprenant les divertissements d'usage : promenade, grande roue, montagnes russes, autos tamponneuses, stands de friandises, ainsi que des tas de jeux parmi lesquels celui du clown-dont-il-faut-viser-la-bouche-avec-un-jet-d'eau. Sans oublier une nouvelle attraction de taille, le Grand Plongeon, où Eddie trouvera la mort lors d'un accident qui fera la une des journaux aux quatre coins de l'État.

**Au moment de sa mort,** Eddie était un vieil homme courtaud aux cheveux blancs, torse bombé et tête enfoncée dans les épaules ; doté d'avant-bras costauds, il arborait, sur l'épaule droite un tatouage fané qui datait de l'armée. Ses jambes d'aujourd'hui étaient minces et variqueuses, et l'arthrite lui rongeait le genou gauche, blessé à la guerre. Il marchait avec une canne. Le soleil semblait avoir taillé à la serpe les traits de son visage carré entouré de favoris poivre et sel, tandis qu'une mâchoire inférieure légèrement proéminente lui donnait, à tort, un air orgueilleux. Il glissait toujours une cigarette derrière son oreille gauche et un trousseau de clés à sa ceinture, ses chaussures avaient des semelles caoutchoutées et il portait une vieille casquette en toile. Un simple coup d'œil suffisait pour repérer qu'il faisait partie des employés.

**Son travail consistait** à « entretenir » les attractions, c'est-à-dire s'assurer de leur fiabilité. Tous les après-midi, il parcourait la foire pour vérifier chacune d'elles, du Coco Bongo au Tapada. Il traquait planches cassées, boulons desserrés et acier fatigué. Parfois il s'immobilisait, son regard devenait vitreux, et les badauds qui le frôlaient s'imaginaient forcément qu'il y avait un problème ; alors que lui se contentait de tendre l'oreille, c'est tout. Après toutes ces années il disait *entendre* les hoquets mécaniques des attractions, qu'il s'agisse de crachements, de bégaiements, ou encore de raclements.

**Plus que cinquante minutes** à vivre pour Eddie qui effectuait là son ultime ronde dans Ruby Pier. Il croisa un couple âgé.

« Bonjour », marmonna-t-il en effleurant sa casquette.

Le couple hocha poliment la tête. Les clients le connaissaient, les habitués en tout cas. D'été en été, son visage finissait par faire partie du décor. Sa chemisette arborait un écusson où il était marqué ENTRETIEN, précédé de son prénom, ce qui incitait pas mal de gens à lui lancer : « Salut, Eddie Entretien », mais il n'y avait qu'eux pour en rire.

Eddie a quatre-vingt-trois ans aujourd'hui. La semaine dernière, un docteur lui a annoncé qu'il souffrait d'un zona. Un zona ?

11

Eddie ne sait même pas ce que c'est. Il fut un temps où il avait été suffisamment fort pour porter un cheval de manège sous chaque bras ! C'était il y a drôlement longtemps de cela.

« **EDDIE !...** **EMMÈNE-MOI**, Eddie !... Emmène-moi ! »

Encore quarante minutes à vivre. Eddie passa devant les gens qui faisaient la queue pour les montagnes russes. Il montait sur chacune des attractions au moins une fois par semaine, afin de s'assurer que les freins et la direction fonctionnaient correctement. Aujourd'hui, c'était le jour des montagnes russes, « l'Everest », et les gamins qui le connaissaient criaient pour bénéficier du privilège consistant à faire un tour avec lui.

Les enfants l'aimaient bien, contrairement aux adolescents. Ceux-là lui auraient plutôt flanqué la migraine, d'ailleurs. Au fil des années, Eddie se disait qu'il avait dû voir défiler toute la sainte gamme des ados oisifs et agressifs. Les enfants, par contre, c'était différent. Il leur suffisait de regarder Eddie – dont la mâchoire proéminente évoquait le gentil dauphin au large sourire – pour avoir confiance sur-le-champ. Ils se ruaient sur lui, comme aimantés, agrippaient sa jambe et jouaient avec ses clés. Eddie grognait mais ne protestait que très mollement, convaincu que c'était d'ailleurs cette attitude qui expliquait à elle seule ce juvénile engouement.

Mais voilà qu'Eddie tapotait maintenant la tête de deux garçonnets dont la casquette de base-ball était enfoncée devant derrière. Ils se précipitèrent vers une voiture dans laquelle ils sautèrent en faisant les singes. Eddie tendit sa canne au responsable de l'attraction et prit son temps pour s'asseoir entre les deux.

« On est partis !... *On est partis !...* » hurla l'un des gamins d'une voix perçante, tandis que l'autre glissait le bras d'Eddie derrière son épaule.

Puis ce dernier rabattit la barre de sécurité et, *clic clic clac*, les voici qui entamèrent leur montée.

**Il circulait une histoire**, sur Eddie : on racontait que, dans sa jeunesse, il se serait battu dans une ruelle, près de cette même foire ! Cinq gamins de Pitkin Avenue avaient coincé son frère Joe qu'ils s'apprêtaient à tabasser, tandis qu'à quelques rues de là Eddie mangeait un sandwich sur les marches d'un perron. Alerté par les cris de son frère, il avait couru vers la ruelle en question, avait attrapé un couvercle de poubelle, et deux des gamins s'étaient retrouvés à l'hôpital !

Après quoi, Joe ne lui avait pas adressé la parole pendant des mois. Il avait honte. Joe était l'aîné, le premier fils. Peut-être bien mais la bagarre, c'était le rayon d'Eddie.

« **On peut y retourner**, Eddie ? *S'il te plaît !* »

Encore trente-quatre minutes à vivre. Eddie releva la barre de sécurité, donna à chaque garçonnet un bonbon acidulé, prit sa canne puis se dirigea en claudiquant vers son atelier où il espérait bien échapper à la chaleur estivale. S'il avait eu conscience de l'imminence de sa mort, il serait sûrement allé ailleurs. Mais voilà, il fit ce que nous faisons tous. Il suivit son petit train-train, comme s'il avait encore toute la vie devant lui.

Un des ouvriers de l'atelier, un jeune Dominguez dégingandé aux pommettes saillantes, était planté à côté du bassin de solvants et nettoyait une roue pleine de cambouis.

« Salut, Eddie, lui lança-t-il.

Fin

– Salut, Dom », lui répondit Eddie.

L'atelier sentait la sciure. Il était sombre et exigu, bas de plafond, avec des murs couverts de panneaux alvéolés auxquels étaient accrochés des perceuses, des scies et des marteaux. Un peu partout gisaient des bouts d'armature provenant des attractions compresseurs, moteurs, courroies ou ampoules, voire le sommet d'une tête de pirate. Des boîtes à café pleines de clous et de vis étaient rangées contre un mur, tandis qu'une multitude de tubes de lubrifiant étaient empilés contre celui d'en face.

Selon Eddie, pas besoin d'être grand clerc pour graisser des rails ; c'était pas plus compliqué que de faire la vaisselle ; sauf que, contrairement à cette dernière, c'était salissant. Étaler du lubrifiant, ajuster des freins, resserrer des boulons, vérifier des panneaux de commandes, voilà en quoi consistait le boulot d'Eddie. Il avait déjà eu envie de partir, à plusieurs reprises, envie de trouver un autre travail, bâtir une autre vie. Mais la guerre avait éclaté. Et ses projets avaient capoté. Avec le temps ses cheveux étaient devenus gris, ses pantalons trop petits, et il avait fini par convenir, non sans lassitude d'ailleurs, qu'il était bel et bien cet homme

15

aux chaussures sablonneuses vivant entre rires en boîte et hot dogs, et que telle était sa vie. Tout comme son père avant lui et ainsi que l'annonçait l'écusson sur sa chemisette, Eddie se consacrait à l'entretien ; il en était même responsable, lui que les enfants appelaient parfois « le monsieur des manèges ».

**Encore trente minutes.**

« Hé, paraît que c'est ton anniversaire ! » lui lança Dominguez.

Eddie grogna.

« Tu fais pas une fête ? »

Eddie regarda Dominguez comme s'il avait perdu la tête. Un bref instant, il se dit que c'était tout de même étrange, de vieillir dans un endroit qui embaumait la barbe à papa.

« Hé, n'oublie pas, Eddie, je ne suis pas là de toute la semaine prochaine. Je pars au Mexique lundi. »

Eddie hocha la tête et Dominguez esquissa un pas de danse.

« Teresa et moi. On va voir toute la famille. Et on va faire la fiestaaaa. »

Ayant remarqué qu'Eddie le dévisageait, il cessa son petit ballet et lui demanda :

« Tu y as déjà été ?

– Où ça ?

– Au Mexique ? »

Eddie soupira.

« Mon gars, j'ai été là où on m'a envoyé avec un fusil, point. »

L'air un instant pensif, il regarda Dominguez s'en retourner vers l'évier. Puis il sortit de sa poche une petite liasse et en retira ses deux seuls billets de vingt, qu'il lui tendit.

« Tu offriras un chouette truc à ta femme », suggéra Eddie.

Dominguez contempla l'argent avec un grand sourire et lui lança :

« T'es sûr, mon pote ? »

Eddie lui fourra les billets dans la main. Puis il se dirigea vers le fond de l'atelier qui leur servait d'entrepôt. Des années auparavant ils avaient percé un petit « trou pour pêcher » dans les planches de la promenade qui surplombait la mer, et Eddie souleva le bouchon en plastique qui le recouvrait. Il tira sur le fil nylon, long des vingt mètres qui lui permettaient d'atteindre l'océan. Un bout de salami y pendait toujours.

« On a attrapé quelque chose ? lui cria Dominguez. Dis-moi que oui ! »

Eddie s'étonna de l'optimisme de son camarade, vu qu'ils n'avaient strictement jamais rien découvert au bout de ce fil.

« Un jour on remontera un flétan ! lança Dominguez.

– Mais oui, c'est ça », marmonna Eddie, qui savait pertinemment qu'un aussi gros poisson ne passerait jamais par un trou aussi minuscule.

**Encore vingt-six minutes** à vivre. Eddie descendit la promenade plein sud. Il n'y avait pas foule. Accoudée à son stand, la vendeuse de friandises faisait des bulles avec son chewing-gum.

Il fut un temps où Ruby Pier avait été l'endroit *in* pour les sorties estivales. C'est vrai que l'on pouvait alors y admirer éléphants, feux d'artifice ou concours de danse. Mais les gens ne fréquentaient plus beaucoup les fêtes foraines en front de mer ; ils leur préféraient les parcs d'attractions à 75 dollars l'entrée où l'on se faisait photographier aux côtés d'une peluche géante.

Eddie passa devant les autos tamponneuses en claudiquant, les yeux rivés sur un groupe d'adolescents penchés par-dessus la rambarde. Allons bon, se dit-il, juste ce qu'il me fallait.

« Allez, leur lança-t-il en tapotant sur la rambarde avec sa canne. Allez, filez, c'est dangereux. »

Les ados lui jetèrent un regard furieux. Zzzap zzzap, faisait l'électricité en grésillant à l'extrémité des tiges métalliques.

« C'est dangereux », leur répéta Eddie.

Les ados se regardèrent. L'un d'eux, qui arborait une mèche orange, sourit avec mépris en regardant Eddie, puis il posa un pied sur le rail au milieu.

« Allez-y, les mecs, renversez-moi ! cria-t-il à l'intention des jeunes conducteurs en agitant les bras. Renversez-m... »

Eddie donna un tel coup sur la rambarde qu'il faillit casser sa canne en deux.

« DÉGAGEZ ! »

Et là les ados filèrent.

**Il circulait une autre histoire** sur Eddie : on racontait qu'à l'époque où il était dans l'armée, il avait dû se battre à plusieurs reprises. Et il avait été courageux. Il avait même gagné une médaille ! Mais sur la fin, il s'était battu avec l'un de ses hommes. C'est d'ailleurs là qu'il avait été blessé. Personne ne savait ce qu'il était advenu de l'autre type.

Personne n'avait jamais demandé non plus.

**Avec encore dix-neuf minutes** à vivre Eddie s'assit, pour la dernière fois, sur une vieille chaise métallique. Croisés sur sa poitrine, ses bras courts et musclés faisaient penser à des nageoires de phoque. Le soleil lui avait rougi les jambes et des cicatrices continuaient d'orner son genou gauche. Tout son corps ou presque signalait qu'il avait dû se battre un nombre impressionnant de fois. Diverses machines lui avaient fracturé les doigts, qui du coup avaient adopté de drôles de positions. Moult « bagarres de café » lui avaient valu un nez cassé à plusieurs reprises. Et son visage à la mâchoire proéminente avait sans doute été beau, autrefois, ainsi que peuvent l'être ceux de certains boxeurs professionnels avant de prendre trop de coups.

Aujourd'hui Eddie avait l'air tout bonnement fatigué. Ce coin-ci de la promenade de Ruby Pier était son préféré, derrière la Pieuvre qui, dans les années 1980, avait abrité le Sirocco, dans les années 1970 la Chenille, dans les années 1960 les Chaises volantes, dans les années 1950 le Palais du rire, et avant ça encore le Poussières d'étoiles.

Et c'était là qu'Eddie avait rencontré Marguerite.

**Chaque vie possède** son icône amoureuse. Pour Eddie, cela remontait à une chaude soirée de septembre où la promenade s'était gorgée d'eau après un orage. Marguerite portait une robe en coton jaune et, dans les cheveux, une barrette rose. Eddie n'avait pas dit grand-chose. Sa langue était comme collée à son palais, tellement il était nerveux. Ils avaient dansé sur la musique d'un orchestre big band, Long Legs Delaney et son Everglades Orchestra. Puis il lui avait offert une limonade. Mais Marguerite devait rentrer avant que ses parents ne se fâchent... Tout en s'éloignant, elle s'était retournée pour agiter la main.

Et c'était elle, l'icône en question. Pour le restant de ses jours, à chaque fois qu'il penserait à Marguerite, Eddie reverrait le moment où elle avait agité la main en se retournant, ses cheveux noirs cachant la moitié de son visage, et un même élan amoureux parcourrait à nouveau son corps.

De retour chez lui ce soir-là, il réveilla son frère aîné. Pour l'informer qu'il venait de rencontrer sa future femme.

« Va te coucher, Eddie », grogna son frère.

*Whrrrssssh*. Une vague se brisa sur la plage. Eddie cracha quelque chose au loin qu'il n'avait pas envie de voir.

*Whrrssssssh*. Il pensait beaucoup à Marguerite à l'époque. Plus maintenant. Maintenant,

Marguerite était comme une blessure sous un vieux pansement, auquel il s'était finalement plus habitué qu'à la blessure même.

*Whrrsssssh.*

C'est quoi, un zona ?

*Whrrrsssssh.*

Encore seize minutes à vivre.

**Aucune histoire ne se déroule** en vase clos. Parfois les histoires se croisent, parfois aussi elles se chevauchent, à la manière des galets tapissant le lit d'une rivière.

La fin de l'histoire d'Eddie fut effleurée par une autre, en apparence anodine, et qui remontait à des mois de cela, lorsqu'un jeune homme accompagné de trois amis avait débarqué un beau soir à Ruby Pier.

Conducteur débutant, Nicky, le jeune homme en question, n'avait pas encore pris l'habitude d'avoir ses clés accrochées au bout d'une chaîne. Il avait donc enlevé la clé de contact et l'avait glissée dans la poche de sa veste, qu'il avait ensuite nouée autour de la taille.

Ses amis et lui avaient passé le restant de la soirée, qui était couverte, sur les attractions à sensations : Banzaï, le Grand Splatch, le Grand Plongeon, l'Everest.

« On lève les mains ! » avait crié l'un d'eux.

Et ils s'étaient exécutés.

Plus tard et alors qu'il faisait à présent nuit noire, ils étaient revenus vers le parking, épuisés et joyeux, buvant des bières cachées dans leurs sacs d'emballage. Puis Nicky avait plongé la main dans la poche de sa veste. Il avait cherché. Il avait juré.

La clé n'y était plus.

**Quatorze minutes avant** sa mort, Eddie s'épongeait les sourcils avec un mouchoir. Là-bas, sur l'océan, les rais du soleil dessinaient des diamants qui sautillaient sur l'eau ; Eddie observait leur danse agile. Depuis la guerre, il marchait avec difficulté.

Mais à l'époque du Poussières d'étoiles en compagnie de Marguerite, qu'est-ce qu'il avait été souple ! Il ferma les yeux et se laissa aller au souvenir de la chanson qui les avait rapprochés, celle que Judy Garland chantait dans il ne savait plus quel film. Dans sa tête elle se mélangeait à la cacophonie qu'offrait le bruit des vagues se brisant, mêlé aux cris des enfants faisant des tours.

— Tu t'es débrouillé pour que je t'aime...
*Whsssshhhh.*
... je ne voulais pas, je ne...
*Spllllllaaaaaashhhhhhh.*

... débrouillé pour que je t'aime...
*Heeeeeeeé!*
... tout ce temps tu savais...
*Chhhhewisshhhh.*
... tu savais...
Eddie sentit les mains de Marguerite sur ses épaules. Et pour que le souvenir se rapproche encore, il ferma bien fort les yeux.

**Encore douze minutes** à vivre.
« Excusez-moi. »
Plantée devant lui, une fillette de huit ans et quelques lui cachait le soleil. Blonde et bouclée, elle portait des tongs, un short en jean et un tee-shirt vert pétard avec un canard rigolo sur le devant. Elle se prénommait Amy; ou Annie peut-être? Elle était souvent venue cet été, mais Eddie n'avait jamais vu ses parents.
« Excusez-moi, répéta-t-elle. Eddie Entretien? »
Eddie soupira.
« Eddie tout court, lui répondit-il.
– Eddie?
– Oui?
– Tu peux... »
Elle joignit les mains comme pour une prière.

*Fin*

« Quoi, ma grande ? On va tout de même pas y passer la journée !

– Tu peux me fabriquer un animal ? *S'il te plaît !* »

Eddie leva les yeux pour se donner l'air pensif. Puis il plongea la main dans la poche de sa chemisette et en sortit trois cure-pipes jaunes qu'il avait toujours sur lui à cette seule fin.

« Super ! » fit la fillette en applaudissant.

Eddie entortilla les cure-pipes.

« Tes parents sont où ?

– Ils font des tours.

– Sans toi ? »

La fillette haussa les épaules.

« Ma maman, elle est avec son petit copain. »

Eddie leva les yeux. Oh.

Avec les cure-pipes il fit plusieurs cercles, qu'il entortilla ensuite les uns autour des autres. Comme à présent ses mains trem-blaient, ça lui prenait tout de même plus longtemps qu'avant, mais il ne tarda pas à faire apparaître une tête, des oreilles, un corps et une queue.

« C'est un lapin ? » demanda la fillette.

Eddie lui adressa un clin d'œil affirmatif.

« Meeeerci ! »

Elle fila en virevoltant, perdue dans cet espace où les enfants ne sont même pas conscients des mouvements qu'exécutent leurs pieds. Eddie s'épongea de nouveau les sourcils, puis il ferma les yeux, s'affala sur la chaise métallique, et fouilla dans ses souvenirs en quête de cette vieille chanson.

Une mouette passa au-dessus de lui en poussant des cris rauques.

**Comment les gens** choisissent-ils leurs derniers mots ? Se rendent-ils seulement compte de leur gravité ? Ces mots doivent-ils d'ailleurs être emplis de sagesse ?

En ce quatre-vingt-troisième anniversaire, Eddie avait d'ores et déjà perdu pratiquement tous ses proches. Quelques-uns étaient morts jeunes, d'autres avaient eu la chance de pouvoir vieillir avant qu'une maladie ou un accident ne les emporte. À leur enterrement, Eddie avait écouté les gens se rappeler leurs dernières conversations. « C'est comme s'il avait su qu'il allait mourir... », disaient certains.

Pour Eddie, ça ne tenait pas vraiment la route ; quand votre heure arrivait, elle arrivait et basta. Certes, peut-être bien qu'on pouvait prononcer une parole intelligente avant de partir, mais ça pouvait aussi bien être une bêtise.

*Fin*

À toutes fins utiles, les derniers mots d'Eddie furent : « Reculez-vous ! »

**Voici les sons** qui marquèrent les dernières minutes d'Eddie sur terre : des vagues qui se brisent ; le bruit assourdi de la musique rock au loin ; le vrombissement du moteur d'un biplan tirant une banderole publicitaire derrière lui. Et ceci :

« OH LÀ LÀ ! REGARDEZ ! »

Eddie crut que les yeux allaient lui sortir de la tête. Au fil des ans il avait appris à connaître les moindres bruits de Ruby Pier, et à ce jour pas un seul ne l'avait jamais empêché de dormir à poings fermés.

Mais cette voix-ci n'était pas au nombre des bruits qui berçaient d'ordinaire son sommeil.

« OH LÀ LÀ ! REGARDEZ ! »

Eddie sursauta et se redressa. Une femme aux gros bras bosselés par la cellulite, un sac plastique au bout d'une main, tendait le doigt en criant. Un petit rassemblement s'était formé autour d'elle et levait les yeux.

Eddie comprit tout de suite. En haut du Grand Plongeon, la nouvelle attraction « pour amateurs de sensations fortes », une des nacelles était inclinée à angle droit comme si elle avait entrepris de déverser son chargement. Quatre passagers, deux hommes et deux femmes retenus par une simple barre de sécurité, s'agrippaient à ce qu'ils pouvaient avec l'énergie du désespoir.

« OH LÀ LÀ ! criait la grosse femme. MAIS CES PAUVRES GENS VONT TOMBER ! »

Une voix brailla dans le talkie-walkie accroché à la ceinture d'Eddie. « *Eddie ! Eddie !* »

Il pressa sur le bouton.

« J'ai vu ! Appelle la sécurité ! »

Les gens revenaient de la plage en courant, tendant le doigt comme s'il s'agissait d'un exercice qu'ils auraient répété. *Regardez ! Là-haut dans le ciel ! Une attraction qui a perdu la boule !* Eddie attrapa sa canne et s'avança d'un pas lourd vers la rambarde de sécurité qui entourait le Grand Plongeon, son trousseau de clés cliquetant contre sa hanche et le cœur battant la chamade.

Cette attraction faisait choir de très haut deux nacelles accrochées côte à côte à l'extrémité d'un long bras métallique, et seul un jet d'air comprimé arrêtait in extremis leur chute vertigineuse. Comment cette nacelle avait-elle bien pu se détacher ? Elle était inclinée à quelques mètres en dessous de la plate-forme de sécurité, comme si elle avait entamé sa chute puis changé d'avis en cours de route.

Eddie atteignit la rambarde et dut reprendre son souffle. Déboulant au pas de course, Dominguez faillit lui rentrer dedans.

« Écoute-moi bien ! lui lança Eddie en l'agrippant par les épaules ; sa poigne était tellement ferme que le visage de Dominguez se crispa. Écoute-moi bien ! Qui on a là-haut ?

– Willie.

– OK. Il a dû presser le bouton d'arrêt d'urgence. C'est pour ça que la nacelle se balance. Monte à l'échelle et dis-lui de relâcher la fermeture de sécurité mais manuellement, hein, pour que ces gens puissent sortir. D'accord ? Cette fermeture est à l'arrière de la nacelle ; toi, tu devras le tenir pendant qu'il se penchera vers l'extérieur, d'accord ? Ensuite... ensuite, tous les deux – tous les deux hein, pas un tout seul, tu m'as bien compris ? – tous les deux, vous les sortirez de là. L'un de vous deux doit impérativement tenir l'autre ! D'accord ?... *D'accord ?* »

Dominguez hocha la tête très vite.

« Après ça, vous me faites descendre cette fichue nacelle, qu'on voie un peu ce qu'elle a dans le ventre ! »

Eddie sentait sa tête sur le point d'exploser. Ruby Pier n'avait jamais connu d'accident majeur, mais il avait eu vent des récits horrifiants qui circulaient sur d'autres fêtes foraines. À Brighton, un boulon s'était desserré sur des nacelles et deux personnes avaient fait une chute mortelle. Dans le Wonderland Park, un homme avait essayé de traverser les rails d'une montagne russe ; il était tombé et s'était retrouvé coincé sous les aisselles. Il était resté là à hurler tandis que les voitures arrivaient à toute vitesse sur lui et... Celle-là, c'était la pire.

Eddie l'écarta de son esprit. Voilà que des tas de gens étaient agglutinés autour de lui à présent ; la main sur la bouche, ils regardaient Dominguez grimper à l'échelle. Eddie essayait de se passer en revue les entrailles du Grand Plongeon. *Moteur. Cylindres. Air comprimé. Plombs. Câbles.* Comment une nacelle se détache-t-elle ? Il parcourut l'attraction d'un regard circulaire qui partit des quatre personnes pétrifiées tout là-haut pour descendre vers le sol, sans oublier de passer par la colonne centrale. *Moteur. Cylindres. Air comprimé. Plombs. Câbles.*

Dominguez atteignit la plate-forme de sécurité. Il suivit les indications d'Eddie et retint Willie tandis que ce dernier se penchait à l'extérieur de la nacelle pour relâcher la fermeture de sécurité. L'une des passagères effectua dans sa direction un mouvement brusque qui faillit le faire tomber de la plate-forme. La foule retenait son souffle.

« Attendez donc... », dit Eddie en son for intérieur.

Willie fit une nouvelle tentative. Cette fois-ci il réussit à faire sauter la fermeture de sécurité.

« Le câble... », marmonna Eddie.

La barre se souleva et la foule fit « Ahhhhh ! ». Les passagers furent alors rapidement tirés vers la plate-forme.

« Le câble *s'effiloche...* »

Et il avait raison. Ces derniers mois, dans le secret du soubassement du Grand Plongeon, le câble qui soulevait la nacelle n° 2 avait frotté contre une poulie bloquée. Et parce qu'elle était bloquée, elle avait arraché petit à petit les fils métalliques du câble à la manière d'une râpe, jusqu'à ce que les fils soient pratiquement coupés. Personne n'avait rien remarqué. D'ailleurs, comment l'aurait-on pu ? Il aurait fallu ramper à l'intérieur du mécanisme pour apercevoir l'improbable cause du problème.

La poulie était coincée par un petit objet qui avait dû tomber par une ouverture à un moment donné.

Une clé de contact.

« NE RELÂCHEZ PAS LA NACELLE ! cria Eddie en agitant les bras. HÉ ! HEEEÉ ! C'EST LE CÂBLE, LE PROBLÈME ! RELÂCHEZ PAS LA NACELLE ! SINON ELLE VA SE DÉTACHER ! »

Le bruit de la foule noya ses cris. Elle applaudit sauvagement tandis que Willie et Dominguez libéraient le dernier passager. Tous les quatre étaient sains et saufs à présent, et debout sur la plate-forme ils se donnèrent une accolade.

« DOM ! WILLIE ! » cria Eddie.

Un coup sur la hanche fit tomber son talkie-walkie. Il se pencha pour le ramasser. Willie se dirigea vers les manettes de contrôle. Il posa un doigt sur le bouton vert. Eddie leva les yeux.

« NON, NON, NON, FAIS PAS ÇA ! »

Il se tourna vers la foule.

« RECULEZ-VOUS ! »

Quelque chose dans sa voix avait dû porter parce que les gens cessèrent d'acclamer et s'écartèrent suffisamment pour lui faire une petite place devant le Grand Plongeon.

C'est alors qu'Eddie aperçut le dernier visage de sa vie.

Elle était étendue sur le socle métallique de l'attraction, comme si un coup de poing l'y avait propulsée ; le nez en sang et des larmes plein les yeux, il reconnut la fillette de tout à l'heure, celle aux cure-pipes. Amy ? Annie ?

« Ma... mam... maman..., sanglotait-elle par saccades, le corps comme figé par cette paralysie symptomatique des corps enfantins lorsqu'ils sont secoués de larmes. Ma... mam... mam... maman... »

En un éclair, les yeux d'Eddie la quittèrent pour filer vers les nacelles. Est-ce qu'il avait le temps ? Elle, les nacelles... *Vloum.* Trop tard. Les nacelles tombaient – *Bon sang, Will avait dû relâcher la sécurité !* – et pour Eddie tout parut se dissoudre alors dans un mouvement aquatique. Il laissa tomber sa canne, avança sa mauvaise jambe, puis sentit une douleur dont le choc faillit le renverser. Un grand pas. Et encore un autre. À l'intérieur de la colonne centrale du Grand Plongeon, il y eut un claquement lorsque le dernier fil du câble céda puis se déchira jusqu'au jet d'air comprimé. La nacelle n° 2 était en chute libre à présent, plus rien ne pouvait l'arrêter, on aurait dit un rocher dégringolant d'une falaise.

Durant ces derniers moments, le monde entier sembla résonner aux oreilles d'Eddie : cris au loin, vagues, musique, rafales de vent, et un vilain son, grave et fort, qui s'avéra être sa propre voix explosant à travers sa poitrine. La fillette leva les bras, Eddie plongea, sa mauvaise jambe céda. Il fut d'abord projeté dans sa direction ; puis il trébucha et atterrit sur le socle métallique qui déchira sa chemisette et lui ouvrit la peau, juste en dessous de l'écusson marqué EDDIE et ENTRETIEN. Il sentit deux mains dans les siennes, deux menottes.

Un choc époustouflant.

Un éclair de lumière aveuglant.

Et puis tout disparut.

# Aujourd'hui, c'est l'anniversaire d'Eddie

*Années 1920, intérieur de l'hôpital bondé de l'un des quartiers les plus pauvres de la ville. Le père d'Eddie fume cigarette sur cigarette dans la salle d'attente où les autres pères fument aussi. L'infirmière entre, munie d'un bloc-notes. Elle lance son nom, l'écorche. Les autres hommes recrachent la fumée qu'ils viennent d'inspirer. Eh bien ?*

*Il lève la main.*

*« Félicitations », lui lance l'infirmière.*

*Il la suit le long du couloir jusqu'à la pouponnière. Ses chaussures résonnent sur le sol.*

*« Attendez ici », lui dit-elle.*

*Derrière la vitre il la voit vérifier les numéros sur les berceaux en bois. Elle passe devant l'un, qui n'est pas le sien, devant un autre, qui n'est pas le sien non plus, puis un autre, qui n'est toujours pas le sien, et encore un autre, qui n'est pas davantage le sien.*

*Elle s'arrête. Là. En dessous de la couverture. Une minuscule tête coiffée d'un bonnet bleu. Elle vérifie de nouveau son bloc-notes, puis elle tend le doigt.*

*Le père respire lourdement, hoche la tête. L'espace d'un instant son visage donne l'impression de s'effriter, comme un château de cartes qui s'écroulerait. Puis il sourit.*

*Son enfant.*

# Le voyage

Eddie ne vit rien de son dernier instant sur terre, rien de la fête foraine, de la foule, ni de la nacelle en fibre de verre fracassée.

Dans les récits de vie après la mort, l'âme flotte souvent au-dessus de la scène des adieux, survolant les voitures de police lors de carambolages sur l'autoroute ; il peut aussi lui arriver de s'accrocher au plafond des chambres d'hôpital, à la manière des araignées. Cela pour les gens bénéficiant d'une seconde chance et dont l'existence, sans que l'on sache ni pourquoi ni comment, reprendra ensuite un cours normal.

Ça ne semblait pas être le cas d'Eddie.

**Où ?**...
Où ?...
Où ?...

Le ciel passa d'un orange embué à un bleu foncé, pour éclater ensuite en un vert vif. Eddie flottait, les bras toujours étendus.

Où ?...

La chute de la nacelle. Ça, il s'en souvenait. Ainsi que de la fillette en larmes. Amy ?
Annie ? Il se rappelait aussi avoir plongé
brusquement vers l'avant. Avoir heurté le
socle. Puis avoir senti les deux menottes dans
ses mains.

Mais ensuite ?

Est-ce que je lui ai sauvé la vie ?

La scène était lointaine, on aurait dit
qu'elle remontait à des années de cela. Plus
étrange encore, Eddie ne ressentait aucune
des émotions qu'il aurait dû éprouver.
Aucune à part le calme qu'éprouve l'enfant
lové dans les bras de sa mère.

Où ?...

Autour de lui le ciel prit d'autres teintes
encore, jaune paille, vert foncé, puis un rose
qu'Eddie associa immédiatement, je vous le
donne en mille, à de la barbe à papa.

J'ai réussi à la sauver ?

Est-ce qu'elle est vivante ?

Où... est mon inquiétude ?

Où est ma douleur ?

Les voilà donc, les grandes absentes. Tous
les maux jadis endurés, toutes les douleurs
jadis supportées s'étaient envolés, comme
dans un souffle. Pas la moindre souffrance,

la moindre tristesse. Sa conscience lui faisait l'effet d'une volute de fumée habitée par
le seul calme. En dessous de lui les couleurs changèrent à nouveau. Quelque chose
d'aqueux tourbillonnait. Un océan. Eddie
flottait au-dessus d'une immense mer jaune.
Qui vira au vert pâle. Puis au bleu clair.
Après quoi il plongea à toute allure vers la
surface de l'eau.

Sa vitesse était vertigineuse. Pourtant,
aucun souffle ne caressait son visage, et il
n'éprouvait pas la moindre peur. Il aperçut
les sables dorés d'un rivage.

Puis l'océan l'avala.

Et il fut englouti par le silence.

Mais où est donc passée mon inquiétude ?

Et ma douleur ?

# Aujourd'hui, c'est l'anniversaire d'Eddie

*Il a cinq ans. Après-midi dominical à Ruby Pier.*

*Des tables de pique-nique sont installées le long de la promenade qui surplombe la longue plage blanche. Sur l'une d'elles trône un gros gâteau au glaçage vanillé dans lequel on a planté des bougies bleues; du jus d'orange emplit un grand récipient. La fête fourmille d'ouvriers, de bonimenteurs, de baraques foraines, de montreurs d'animaux ainsi que d'ouvriers de la poissonnerie. Le père d'Eddie joue aux cartes, comme d'habitude, tandis qu'Eddie s'amuse à ses pieds. Joe, son frère aîné, fait des pompes devant un groupe de vieilles dames qui font mine de s'intéresser et applaudissent poliment.*

*Eddie exhibe son cadeau d'anniversaire, un chapeau de cow-boy rouge et un étui à revolver. Il se lève, court d'un groupe à l'autre et sort l'arme en faisant : « Bang, bang ! »*

*« Viens ici, mon garçon. »*

*Assis sur un banc, Mickey Shea lui fait signe.*

*« Bang, bang », lui lance Eddie.*

*Mickey Shea travaille avec son papa, ils réparent les attractions. Il est gros, il a des bretelles, et il chantonne toujours une ballade irlandaise. Eddie lui trouve une drôle d'odeur qui lui rappelle le sirop pour la toux.*

*« Viens un peu ici faire la toupie pour ton anniversaire, lui dit Mickey. À l'irlandaise. »*

*Et voilà que tout à coup les grandes mains de Mickey se glissent sous les aisselles d'Eddie qui est hissé, renversé, puis suspendu par les pieds. Son chapeau tombe.*

*« Attention, Mickey ! » crie la mère d'Eddie.*

*Son père lève les yeux, esquisse un petit sourire narquois, puis retourne à son jeu de cartes.*

*« Ça y est, je l'ai attrapé ! s'écrie Mickey. Et maintenant, un tour pour chaque année ! »*

*Mickey abaisse doucement Eddie jusqu'à ce que sa tête effleure le sol.*

*« À la la une ! »*

*Mickey le soulève une nouvelle fois. Les autres se joignent à lui en riant. Ils crient : « À la la deux !... À la la trois ! »*

*Tête en bas qui commence à se faire lourde, Eddie ne reconnaît plus personne.*

*« À la la quatre ! crient-ils. À la la cinq ! »*

Après quoi Eddie est remis droit sur ses jambes. Tout le monde applaudit. Eddie tend la main vers son chapeau, puis trébuche. Il se lève et vacille en direction de Mickey Shea, à qui il donne un coup de poing.

« Hou là ! Et c'est en quel honneur ça, mon bonhomme ? » l'interroge Mickey.

Tout le monde rit. Eddie tourne les talons et file ; il n'a pas fait trois pas que sa mère le soulève pour le prendre dans ses bras.

« Ça va, mon adorable grand garçon qui a eu cinq ans aujourd'hui ? »

Quelques centimètres seulement entre son visage et lui. Il distingue son rouge à lèvres foncé, ses joues douces et rebondies, ses cheveux auburn et ondulés.

« On m'a fait tourner avec la tête en bas », lui explique-t-il.

– J'ai vu », lui répond-elle.

Elle lui remet son chapeau. Plus tard elle l'emmènera se promener le long de la jetée, peut-être qu'il montera sur un éléphant ou que, tout au bout, il regardera les pêcheurs rentrer leurs filets de la journée pleins de poissons frétillants que l'on pourrait presque prendre pour des piécettes humides et luisantes. Elle lui tiendra la main, lui dira que Dieu est fier de lui parce qu'il a été gentil pour son anniversaire et ça, ça remettra le monde complètement à l'endroit.

# L'arrivée

**Eddie se réveilla dans une grande tasse.**
En bois foncé et ciré, avec un siège rembourré et une portière montée sur gonds métalliques, elle provenait d'un manège de foire d'antan. Les bras et les jambes d'Eddie se balançaient par-dessus le rebord. Le ciel n'arrêtait pas de changer de couleur et de passer du marron clair au violet foncé.

Eddie tendit instinctivement la main vers sa canne. Ces dernières années, il la gardait toujours près de son lit; parce que, certains matins, il n'avait plus la force de se lever sans. Pourtant elle le gênait, lui qui saluait autrefois les hommes d'une bourrade.

Mais là, pas de canne, alors Eddie souffla un bon coup et tenta de se relever sans. À sa grande surprise son dos ne lui faisait pas mal. Et sa jambe ne le lançait pas. D'un second coup encore plus sec, il se hissa sans le moindre effort par-dessus le rebord de la tasse et atterrit gauchement sur le sol, où trois pensées éclair lui traversèrent alors l'esprit.

La première était qu'il se sentait merveilleusement bien.

La deuxième qu'il était tout seul.

Et la troisième qu'il était toujours sur Ruby Pier.

Mais ce Ruby Pier-ci était différent. Il y avait des bâches en toile, des espaces verts vacants, et une vue tellement dégagée qu'elle permettait d'apercevoir au loin la digue moussue fendre l'océan. Les attractions n'étaient pas bleu et bordeaux mais rouge vif et blanc cassé, chacune dotée de sa propre caisse. La grande tasse dans laquelle il s'était réveillé faisait partie d'un manège tout simple baptisé les Tasses volantes. Son panonceau était en contreplaqué, comme tous ceux accrochés assez bas aux devantures des baraques bordant la promenade :

*Les cigares El Tiempo ? Une sacrée fumée !*
*Soupe de poissons, 10 cents !*
*L'Himalaya – Une Sensation incroyablement moderne !*

Eddie cligna furieusement des yeux. Voilà qu'il était revenu dans le Ruby Pier de son enfance, celui d'il y a soixante-quinze ans, sauf que tout y était flambant neuf! De ce côté-ci il voyait les Chaises volantes – démolies des décennies auparavant – et là-bas il apercevait les établissements de bains, ainsi que les piscines d'eau de mer rasées dans les années 1950. Trouant le ciel, la grande roue d'origine, d'un blanc immaculé; plus loin, les rues de son ancien quartier, les toits des maisons mitoyennes en briques, et les cordes à linge tendues devant les fenêtres.

Eddie tenta un cri, mais sa voix n'était plus qu'un filet d'air âpre. Il articula un vague « Hé! » mais il ne lui sortit strictement rien de la gorge.

Il essaya d'agripper ses bras et ses jambes. La perte de sa voix mise à part, il se sentait très en forme. Il tourna en rond, sauta. Plus aucune douleur! Ces dix dernières années il avait oublié le bonheur de se déplacer sans grimacer, ou encore celui de s'asseoir sans avoir à manœuvrer pour éviter d'éventuels élancements dans les lombaires. Extérieurement, Eddie était toujours le vieil homme trapu au torse bombé de ce matin, avec casquette, short et polo marron d'employé. Sauf que maintenant il était *souple*. Tellement souple qu'il pouvait toucher ses chevilles et lever bien haut la jambe. Fasciné par ce nouveau mécanisme, il explora son corps comme le font les nourrissons, on aurait dit un homme en caoutchouc effectuant des étirements caoutchouteux.

Puis il se mit à courir.

Aaah! Courir! Eddie n'avait plus vraiment couru depuis soixante ans et quelques, depuis la guerre en fait, et pourtant le voici qui courait maintenant! D'abord en petite foulée, qui fut suivie d'une belle foulée de plus en plus rapide, comme dans son jeune temps. Il remonta la promenade au pas de course, passa devant une baraque d'articles de pêche (cinq *cents* les asticots), une autre de location de maillots de bain (trois *cents*), puis devant une attraction en forme de toboggan baptisée la Tombée du jour. Il courait le long de la promenade de Ruby Pier bordée de splendides bâtiments de style maure ornés de flèches, clochetons et autres dômes bulbeux! Toujours au pas de course, il passa devant le carrousel et ses chevaux de bois sculptés, ses miroirs et son orgue de Barbarie brillant comme un sou neuf. Et lui qui décapait des pièces dans son atelier il n'y avait pas une heure encore! lui semblait-il.

Toujours au pas de course, il descendit vers l'ancien cœur de la foire où les bonimenteurs, les diseuses de bonne aventure et les danseuses gitanes officiaient jadis. Il baissa la tête et étendit les bras comme pour faire l'avion ; puis après quelques pas il sauta, comme le font les enfants qui espèrent toujours pouvoir s'envoler. Un badaud aurait sûrement trouvé ridicule cet employé grisonnant jouant tout seul comme un gosse. Ce serait ignorer qu'un jeune sprinter sommeille en chaque homme, aussi vieux soit-il.

**Puis Eddie** s'arrêta net. Il avait entendu quelque chose. Une voix, minuscule, que l'on aurait dite sortie d'un mégaphone.

« Et lui, mesdames et messieurs ? Avez-vous jamais vu spectacle aussi horrible ?... »

Eddie était planté près de la caisse vide d'un grand chapiteau. Sur le panonceau il était écrit :

*Drôles de Terriens*
*Une Attraction de Ruby Pier !*
*Ils sont drôlement gros, ils sont drôlement maigres !*
*Entrez donc admirer l'Homme sauvage !*

Baraques foraines. Phénomènes de foire. Le royaume des bonimenteurs. Eddie se souvenait les avoir vus fermer il y avait au moins cinquante ans de cela, alors que l'avènement de la télévision offrait à présent aux gens d'autres spectacles plus aptes à titiller leur imaginaire.

*« Regardez ce sauvage né avec un handicap très particulier... »*

Eddie glissa un œil dans l'entrée. Il avait vu des gens bizarres ici autrefois : une Jolly Jane de plus de 250 kilos qui avait besoin de deux hommes pour grimper les escaliers ; deux siamoises musiciennes reliées par une même colonne vertébrale ; des avaleurs de sabres, des femmes à barbe, et deux frères indiens dont la peau, à force d'être enduite d'onguents puis étirée, était devenue tellement caoutchouteuse qu'elle leur pendait des membres en grappes.

Enfant, Eddie avait eu pitié des phénomènes de foire tenus de s'exhiber dans des baraques foraines ou sur scène, parfois même derrière des barreaux, tandis que les spectateurs défilaient devant eux en leur jetant des regards mauvais et en les montrant du doigt. Un bonimenteur se plaisait à souligner leur bizarrerie, et c'était sa voix qu'Eddie entendait à présent.

« Seul un terrible coup du sort pouvait laisser un homme dans un état aussi lamentable ! Nous l'avons ramené ici depuis l'autre bout du monde pour que vous puissiez le détailler à vo... »

Eddie pénétra dans l'entrée sombre. La voix y était plus forte.

« *Ce pauvre hère a été l'infortunée victime d'une perversion de la nature...* »

Elle provenait de l'autre côté de la scène.

« Et c'est seulement ici, sous le chapiteau de Drôles de Terriens, que vous pouvez vous en approcher au... »

Eddie écarta le rideau.

« Régalez vos yeux du plus in... »

La voix du bonimenteur disparut et Eddie recula, incrédule.

Un homme dans la cinquantaine, épaules étroites et dos voûté, était assis, torse nu, sur une chaise. Il était seul sur scène. Ses cheveux étaient coupés ras, ses lèvres fines, son visage long et crispé, et son ventre retombait par-dessus sa ceinture. Eddie l'aurait oublié depuis longtemps, n'eût été un signe de reconnaissance bien particulier.

Sa peau était bleue.

« Bonjour, Edward, lui dit l'homme. Je t'attendais. »

# La première personne
# qu'Eddie rencontre au Ciel

« **N'aie pas peur**..., lui dit l'Homme Bleu en se levant lentement de sa chaise. N'aie pas peur... »

Sa voix était apaisante, mais Eddie ne pouvait s'empêcher de le dévisager. C'est à peine s'il avait connu cet homme. Alors pourquoi diable le retrouvait-il maintenant ? Ça lui faisait penser à ces visages que l'on voit en rêve, et puis le lendemain matin on lance : « Tu ne devineras jamais de qui j'ai rêvé la nuit dernière ! »

« Ton corps éprouve des sensations enfantines, non ? »

Eddie acquiesça.

« C'est parce que tu m'as connu dans ta jeunesse. Ici on commence toujours par le commencement. »

*Le commencement ?* se demanda Eddie.

L'Homme Bleu leva le menton. Sa peau

avait une teinte bizarre, un bleu violine tirant sur le gris. Ses doigts étaient plissés. Il sortit et Eddie le suivit. La jetée était vide. La plage était vide. La planète entière était-elle vide ?

« Explique-moi un peu, lui lança l'Homme Bleu. » Il désigna au loin les montagnes russes en bois, avec deux bosses. L'Himalaya. Elles avaient été construites en 1920 avant l'apparition des roues antifriction et les voitures ne tournaient donc pas très vite, sous peine de dérailler. « L'Himalaya est-elle toujours l'attraction la plus rapide du monde ? »

Eddie regarda cette vieille chose brinquebalante démolie depuis bien longtemps. Il secoua la tête.

« Ah, fit l'Homme Bleu. C'est bien ce que je pensais. On est dans l'immuable, ici. Et impossible de jeter un coup d'œil vers le bas, du haut de ces nuages. »

*Nuages ?* songea Eddie.

L'Homme Bleu sourit comme s'il avait entendu sa question. Il toucha l'épaule d'Eddie et ce dernier sentit monter en lui une chaleur d'une intensité qui lui était étrangère. Ses pensées se déversèrent comme s'il les avait verbalisées.

*Je suis mort comment ?*

« Un accident. »

*Depuis combien de temps ?*

« Une minute. Une heure. Mille ans. »

*Je suis où ?*

L'Homme Bleu fit la moue puis répéta pensivement la question. « Tu es où ? » Il pivota et leva les bras. Les manèges de la fête foraine d'autrefois se réveillèrent de concert en grinçant : la grande roue tourna, les autos tamponneuses se rentrèrent dedans, les voitures de l'Himalaya grimpèrent en cliquetant, et les chevaux de bois du carrousel montèrent et descendirent sur leurs barres de cuivre au son de la musique allègre d'un orgue de Barbarie. Devant eux, l'océan. Le ciel était jaune vif.

« Où, à ton avis ? lui demanda l'Homme Bleu. Mais au Ciel ! »

**Non ! Eddie secoua** violemment la tête. NON ! L'Homme Bleu semblait amusé.

« Non ? Impossible ! Ce n'est pas ça le Ciel ? Et pourquoi donc ? Parce que c'est l'endroit où tu as grandi ? »

La bouche d'Eddie dessina le mot *Oui*.

« Ah. » Et l'Homme Bleu hocha la tête. « Eh bien. Les gens ont grand tort de mépriser l'endroit où ils sont nés. Parce que le Ciel peut aller se loger dans les endroits les plus invraisemblables. Et il comprend plusieurs étapes. Celle-ci est la seconde pour moi, toi c'est ta première. »

Il fit traverser la foire à Eddie et ils passèrent devant les boutiques de cigares, les baraques à saucisses et les attrape-nigauds où les nigauds en question perdaient leurs derniers sous.

*Ça, le Ciel?* pensa Eddie. Ridicule. Il avait passé la plus grande partie de sa vie adulte à essayer de *quitter* Ruby Pier, qui n'était jamais qu'une fête foraine où crier, mouiller sa chemise et échanger son argent contre des peluches. L'idée que ce puisse être un lieu de villégiature sacré dépassait son entendement.

Il essaya à nouveau de parler, et cette fois-ci il entendit un faible grognement monter de sa poitrine. L'Homme Bleu se retourna.

« Ta voix finira par sortir, ne t'inquiète pas. On est tous muets quand on arrive. »

Il sourit.

« Ça aide à écouter. »

« Il y a cinq personnes à rencontrer au Ciel, expliqua alors l'Homme Bleu. Chacun d'entre nous a fait partie de ta vie pour une raison ou une autre. Il se peut que tu aies ignoré la raison, à l'époque, et c'est à ça que sert le Ciel. À comprendre ta vie sur terre. »

Eddie parut perplexe.

« Les gens pensent au Ciel comme à un jardin paradisiaque, un endroit où ils peuvent flotter sur des nuages, paresser dans des rivières ou au sommet d'une montagne. Mais sans consolation, le paysage en question est dépourvu de sens.

« Voici le cadeau le plus important que Dieu puisse te faire : comprendre ce qui s'est passé dans ta vie. Qu'on te l'explique. Pour connaître enfin cet apaisement que tu as toujours espéré. »

Eddie toussa, pour essayer de se faire entendre. Il était fatigué, à force de rester muet.

« Je suis ta première personne, Edward. Après ma mort ma vie a été illuminée par cinq autres ; et puis je suis venu t'attendre ici, me mettre dans ta file, te raconter mon histoire, qui fait partie de la tienne aussi. Après moi il viendra d'autres personnes. Certaines que tu connaissais, d'autres peut-être pas. Mais chacune a croisé ton chemin avant de mourir. Et l'a modifié à tout jamais. »

Eddie fit monter un son depuis sa poitrine, aussi fort qu'il le put.

« Qu'est-ce... », finit-il par croasser.

Sa voix lui faisait l'effet d'un poussin tentant de briser sa coquille.

« Qu'est-ce... qui... »

L'Homme Bleu attendait, impassible.

« Qu'est-ce qui... vous a... tué ? »

L'Homme Bleu eut l'air un peu surpris. Puis il lui sourit.

« Toi. »

# Aujourd'hui, c'est l'anniversaire d'Eddie

*Il a sept ans et il a reçu en cadeau une nouvelle balle de base-ball. Il la serre dans une main puis dans l'autre, sentant une puissance fulgurante monter le long de ses bras. Il s'imagine être l'un de ses héros dont il colle la photo dans son album de vignettes, peut-être le grand lanceur Walter Johnson.*

*« Allez, lance-la », lui suggère son frère Joe.*

*Ils courent le long de l'allée centrale, passant en trombe devant cette baraque où, si l'on descend trois bouteilles, on gagne une boisson à la noix de coco, avec une paille.*

*« Allez, Eddie, lui dit Joe. Fais-moi une passe. »*

*Eddie s'arrête et s'imagine sur un terrain de base-ball. Il lance la balle. Son frère se met en position pour l'attraper et plonge.*

*« Tu l'as lancée trop fort ! hurle Joe.*

*– Ma balle ! crie Eddie. Va au diable, Joe. »*

*Eddie la regarde rebondir le long de la pro-menade, heurter un poteau puis atterrir dans un recoin derrière les chapiteaux. Il court après. Joe le suit. Ils se mettent à quatre pattes.*

*« Tu la vois ? lui demande Eddie.*

*– Nan. »*

*Un* claquement sourd *les interrompt. Le pan d'un chapiteau s'écarte. Eddie et Joe lèvent les yeux. Devant eux une femme énorme et un homme torse nu au corps entièrement couvert de poils roux. Des phénomènes de foire.*

*Les enfants se figent.*

*« Qu'est-ce que vous fichez là, espèces de vau-riens ? leur demande l'homme poilu avec un sourire grimaçant. Vous cherchez des ennuis ? »*

*Les lèvres de Joe tremblent. Il se met à pleurer. Puis il se redresse d'un bond et s'enfuit en agitant violemment les bras. Eddie se redresse aussi, puis il voit sa balle contre un chevalet de sciage. Il jette alors un regard à l'homme au torse nu et s'avance lentement vers lui.*

*« Elle est à moi », murmure-t-il.*

*Et il s'empare de la balle puis file rattraper son frère.*

« **Écoutez, monsieur, lança Eddie** d'une voix rauque, je ne vous ai jamais tué, d'accord ? Je ne vous *connais* même pas ! »

L'Homme Bleu s'assit sur un banc. Il souriait comme s'il essayait de mettre un invité à l'aise. Eddie, lui, resta debout, sur la défensive.

« Commençons par mon vrai nom, lui répondit l'Homme Bleu. Je m'appelle Joseph Corvelzchik, mon père était tailleur, et originaire d'un petit village de Pologne. On est arrivés en Amérique en 1894 quand j'étais tout gamin. Mon premier souvenir d'enfance, c'est ma mère me tenant par-dessus le bastingage pour que je me balance dans les brises de ce nouveau monde. Comme la plupart des émigrants, on n'avait pas d'argent. On dormait sur un matelas dans la cuisine de mon oncle. Mon père cousait des boutons sur des manteaux dans un atelier où il se faisait exploiter. À dix ans, il m'a enlevé de l'école pour que je travaille avec lui. »

Eddie observait le visage vérolé de l'Homme Bleu, ses lèvres minces et sa poitrine affaissée. *Mais pourquoi est-ce qu'il me raconte tout ça ?* se demanda Eddie.

« J'étais un enfant nerveux et le bruit de l'atelier n'arrangeait rien, au contraire. J'étais bien trop jeune pour passer mes journées au milieu de tous ces hommes qui n'arrêtaient pas de jurer et de se lamenter.

« Chaque fois que le contremaître s'approchait, mon père me disait : " Baisse les yeux. Te fais pas remarquer. " Une fois pourtant, j'ai trébuché et laissé tomber un sac de boutons qui se sont éparpillés par terre. Le contremaître a hurlé que j'étais un bon à rien et que je ferais mieux de dégager. Je revois encore la scène, mon père qui l'implorait, on aurait dit un mendiant, et le contremaître qui ricanait en s'essuyant le nez du revers de la main. J'ai senti mon ventre se tordre de douleur, puis quelque chose d'humide a coulé sur ma jambe. J'ai baissé les yeux. Le contremaître a montré du doigt mon pantalon souillé et il a éclaté de rire, imité par les autres ouvriers.

« Après quoi, mon père a refusé de m'adresser la parole. Il estimait que je l'avais humilié et je suppose que c'était vrai, selon ses critères à lui. Les pères ont l'entière capacité de détruire leurs fils, hélas, et la suite a prouvé que tel allait être mon destin en effet. J'étais un enfant nerveux et ça ne m'est pas vraiment passé en grandissant. Pire, même adolescent je mouillais encore mon lit. Au matin j'emportais en cachette jusqu'au lavabo mes draps mouillés pour les mettre à tremper. Un matin j'ai levé les yeux, et j'ai croisé ceux de mon père. Il a aperçu les draps, puis il m'a lancé un regard que je n'oublierai jamais, comme s'il souhaitait rompre le cordon ombilical qui nous reliait. »

L'Homme Bleu s'arrêta. Sa peau, qui paraissait avoir trempé dans un liquide bleu, faisait à la taille des petits replis graisseux qui ondulaient. Eddie ne pouvait s'empêcher de le dévisager.

« Je n'ai pas toujours été un phénomène de foire, Edward. Mais en ce temps-là, les remèdes étaient plutôt primitifs. Chez le pharmacien j'ai demandé un médicament pour mes nerfs et il m'a proposé du nitrate d'argent, en me recommandant d'en prendre le soir, allongé d'eau. Par la suite ce médicament a été classé parmi les produits toxiques, mais à cette époque il n'y avait rien d'autre, de toute façon. Pire, quand j'ai vu que ça ne donnait rien, je me suis dit que je n'en avais probablement pas avalé assez et j'ai doublé, voire triplé les doses, sans les diluer.

« Ma peau est devenue cendrée et les gens n'ont pas tardé à me regarder bizarrement.

« Honteux, énervé, voilà que du coup j'ai augmenté une nouvelle fois les doses, à tel point que de grise ma peau est devenue bleue, un effet secondaire du produit. »

L'Homme Bleu s'arrêta. Sa voix baissa d'un ton.

« C'est là que l'atelier m'a mis à la porte vu que, au dire du contremaître, je faisais peur aux autres ouvriers. Sans travail, comment manger alors ? Et où vivre ?

« J'ai trouvé refuge dans un café, un endroit sombre où je pouvais me dissimuler sous un chapeau et un manteau. Un soir, un groupe de forains s'est installé dans l'arrière-salle. Ils riaient en fumant des cigares. L'un d'entre eux, doté d'une jambe de bois et plutôt petit, n'arrêtait pas de me regarder. Il a fini par s'approcher.

« À la fin de la soirée j'avais accepté de rejoindre leur fête foraine. Et c'est comme ça que j'ai commencé ma vie de marchandise itinérante. »

Eddie remarqua l'air résigné de l'Homme Bleu. Il s'était souvent demandé d'où sortaient les phénomènes de foire. Et il s'était bien douté que derrière chacun d'eux se cachait une triste histoire.

« Les forains m'ont rebaptisé, Edward. Parfois j'étais l'Homme Bleu du pôle Nord, parfois l'Homme Bleu d'Algérie, et parfois l'Homme Bleu de Nouvelle-Zélande. Bien entendu je n'avais jamais mis les pieds dans aucun de ces pays, mais c'était agréable d'avoir une appellation exotique, ne serait-ce que sur un panonceau. Le " spectacle " était simple. J'étais assis sur scène, à demi dévêtu, les gens défilaient devant moi, et le bonimenteur leur racontait ma terrible existence. Grâce à quoi j'ai réussi à mettre quelques sous de côté. Un jour le directeur m'a même confié que j'étais son "meilleur phénomène " et, aussi triste que cela puisse paraître, j'en étais fier. En tant que paria, tu peux aller jusqu'à chérir la pierre que l'on te jette, crois-moi.

« Puis, un hiver, je suis arrivé à Ruby Pier où ils lançaient ce spectacle, Drôles de Terriens. Je dois dire que l'idée de pouvoir rester dans un même lieu et d'éviter ainsi les secousses de la roulotte m'a plu.

« Et c'est comme ça que je me suis installé ici. Je vivais dans une pièce au-dessus d'une baraque à saucisses. Le soir je jouais aux cartes avec les autres employés du spectacle et les étameurs, parfois même avec ton père. Au petit matin, vêtu d'une chemise aux manches longues et la tête drapée d'une serviette, je pouvais me promener le long de cette plage sans risquer d'effrayer quiconque. Ça peut te sembler dérisoire, mais pour moi c'était une liberté rarement savourée jusque-là. »

Il s'arrêta et regarda Eddie.

« Tu comprends, maintenant, pourquoi on est ici ? Ceci n'est pas ton Ciel, c'est le mien. »

**Prenez une même histoire,** racontée selon deux points de vue différents.

Prenez un dimanche matin pluvieux de juillet, vers la fin des années 1920, lorsque Eddie et ses amis se lancent la balle de base-ball qu'il a reçue pour son anniversaire un an plus tôt. Prenez l'instant où la balle vole par-dessus la tête d'Eddie et atterrit dans la rue. Vêtu d'un pantalon couleur fauve et coiffé d'une casquette en laine, Eddie se jette en courant devant une automobile, une Ford de modèle A. La voiture freine brutalement, se déporte et le manque de peu. Il tremble, halète, récupère sa balle et repart vers ses amis. Le jeu se termine bientôt et les enfants filent vers la galerie de jeux pour faire une partie à la Machine à surprises, celle dont le bras en forme de serre attrape des petits jouets.

Maintenant, prenez la même histoire mais vue sous un autre angle. Un homme est au volant d'une Ford A qu'il a empruntée à un ami, histoire de se faire la main. La pluie matinale a mouillé la route. Tout d'un coup, une balle de base-ball rebondit sur la chaussée, poursuivie par un gamin. Le conducteur freine à mort et braque. La voiture dérape, les pneus crissent.

L'homme finit par redresser son véhicule et la Ford A continue sa route. Dans son rétroviseur l'enfant n'est plus là, mais l'homme, lui, est encore affecté, il se rend compte qu'il vient de frôler la tragédie. Cette poussée d'adrénaline a drôlement sollicité son cœur, qui n'est pas très solide, ça l'a vidé. L'homme se sent étourdi et sa tête s'effondre un instant. Sa voiture manque alors d'en emboutir une autre. Son conducteur klaxonne et l'homme braque à nouveau, tournant le volant à fond et enfonçant la pédale du frein. Il avance cahin-caha le long d'une avenue puis se retrouve dans une petite rue. Son véhicule poursuit sa route, jusqu'à ce qu'il emboutisse l'arrière d'une camionnette en stationnement. Un choc, suivi d'un petit bruit. Les phares volent en éclats. L'impact projette l'homme sur le volant. Son front saigne. Il sort de la Ford A, constate les dégâts, puis s'effondre sur le trottoir humide. Il a des élancements dans le bras. Sa poitrine lui fait mal. On est dimanche matin. La rue est vide. Il reste effondré là, contre la portière de la voiture, et personne ne s'en aperçoit. Son cœur n'est plus irrigué. Une heure s'écoule. Un agent le découvre. Un médecin légiste le déclare mort. Il conclut à une « crise cardiaque. » Aucune famille ne le réclame.

Prenez une même histoire, racontée selon deux points de vue différents. Même jour, même heure, mais l'une se termine bien, dans une galerie de jeux, avec le petit gars en pantalon couleur fauve qui glisse ses pièces dans la Machine à surprises, tandis que l'autre se termine mal, dans une morgue de la ville où un employé en appelle un autre pour qu'il vienne admirer la belle peau bleue du dernier arrivant.

« Tu comprends, petit gars ? » murmura l'Homme Bleu après en avoir fini avec sa version des faits.

Eddie frissonna.

« Oh non », chuchota-t-il.

# Aujourd'hui, c'est l'anniversaire d'Eddie

*Il a huit ans. Il est assis au bord d'un sofa à carreaux, les bras croisés parce qu'il est en colère. À genoux devant lui, sa mère lui lace ses souliers. Devant le miroir, son père arrange sa cravate.*

*« Je veux PAS y aller, grogne Eddie.*

*– Je sais, lui répond sa mère sans lever les yeux, mais on est obligés. Parfois on n'a pas le choix quand il se passe de vilaines choses.*

*– Mais c'est mon ANNIVERSAIRE ! »*

*Eddie regarde tristement l'autre côté de la pièce en direction du meccano dans le coin, avec sa pile de plaques métalliques et ses trois petites roues en caoutchouc. Il était occupé à monter un camion. Il est doué pour l'assemblage. Il avait espéré le montrer à ses copains pour son goûter d'anniversaire. Au lieu de quoi il faut s'habiller pour sortir. C'est pas juste, se dit-il.*

*Entre son frère Joe, pantalon de laine et nœud papillon, un gant de base-ball à la main gauche.*

*Il s'en sert pour frapper fort. Et il fait une gri-
mace à Eddie.*

*« C'est mes* vieilles *chaussures, ça, lui lance
Joe. Mes nouvelles sont drôlement mieux ! »*

*Eddie se crispe. Il déteste devoir porter les
vieilles affaires de son frère.*

*« Arrête de gigoter, lui ordonne sa mère.*

*– Mais elles me font* MAL, *gémit Eddie.*

*– Ça suffit ! » crie son père.*

*Il jette un regard mauvais à Eddie, qui se tait.*

*Au cimetière, c'est tout juste si Eddie reconnaît
les forains. Voilà que ces hommes, normalement
en lamé or et coiffés de turbans rouges, sont à
présent en costume noir, son père aussi d'ailleurs.
Les femmes semblent toutes porter la même robe
noire, et certaines ont même le visage caché derrière une voilette.*

*Eddie regarde un homme lancer une pelletée
de terre dans un trou puis parler de poussière.
Eddie tient la main de sa mère tandis que le
soleil le fait cligner des yeux. Il est supposé être
triste, il le sait, mais il compte en secret de 1
jusqu'à 1 000, en espérant bien que, quand il
sera arrivé là, ce sera de nouveau son anniversaire.*

# La première leçon

« **Pardon, monsieur..., implora Eddie**. Je ne savais pas. Croyez-moi... Excusez-moi, je ne savais pas. »

L'Homme Bleu fit un signe de tête.

« Tu ne pouvais pas savoir. Tu étais trop jeune. »

Eddie fit un pas en arrière et se mit en position de combat.

« Mais maintenant il faut que je paye, dit-il.

– Que tu payes ?

– Pour ma faute. Je suis là pour ça, non ? Pour que justice soit faite ? »

L'Homme Bleu sourit.

« Non, Edward. Tu es ici pour que je puisse t'apprendre quelque chose. Tous les gens que tu vas rencontrer vont faire pareil. »

Eddie était sceptique.

« M'apprendre quoi ? demanda-t-il.

– Que le hasard n'existe pas. Nous sommes

tous reliés les uns aux autres. Nos vies sont tout aussi inséparables les unes des autres que la brise l'est du vent. »

Eddie hocha la tête.

« On avait jeté une *balle*. J'ai été bête de courir comme ça. Pourquoi est-ce qu'il fallait que *vous* mouriez à cause de moi ? Ce n'est pas *juste*. »

L'Homme Bleu tendit la main.

« Ce n'est pas la justice qui gouverne la vie et la mort. Si c'était le cas, tous les gentils mourraient vieux. »

Il se retourna, tendit la main, la leva, et ils se retrouvèrent tout à coup debout derrière un petit groupe de gens en deuil. Près de la tombe, un prêtre lisait la Bible. Impossible pour Eddie de distinguer les visages, il ne voyait que l'arrière des chapeaux, le dos des robes et des vestes de complet.

« C'est mon enterrement, expliqua l'Homme Bleu. Regarde ces gens en deuil. Certains me connaissaient à peine, et pourtant ils sont là. Pourquoi ? Est-ce que tu t'es déjà posé la question ? Pourquoi les gens se rassemblent, quand les autres meurent ? Pourquoi sentent-ils qu'il le *faut* ?

« C'est parce que tout au fond de lui l'esprit humain *sait* que toutes les vies se chevauchent. Que si la mort a emporté quelqu'un, c'est qu'elle est passée à côté de quelqu'un d'autre, et que, dans ce petit intervalle entre être emporté et ne pas l'être, il y aura des tas de vies dont le cours changera.

« Tu trouves que tu aurais dû mourir à ma place. Mais pendant ma vie sur terre, d'autres personnes sont mortes à ma place aussi ! Cela se produit tous les jours. Quand la foudre tombe une minute après ton départ, ou quand un avion où tu aurais pu te trouver s'écrase. Quand tes collègues tombent malades, et toi non. On croit que tout cela est dû au hasard, alors qu'il y a un équilibre sous-jacent. Lorsqu'une chose se flétrit, une autre fleurit. La naissance et la mort font partie d'un tout.

« C'est pour ça que l'on est ému par les bébés... » Il se tourna vers les gens en deuil. « Et par les enterrements. »

Eddie regarda à nouveau le groupe réuni dans ce cimetière. Il se demanda s'il avait eu des obsèques. Il se demanda si quiconque y avait assisté. Il vit le prêtre lire la Bible et les gens baisser la tête. C'était l'enterrement de l'Homme Bleu, il y avait des années de cela. Eddie y avait assisté, c'était lui ce petit garçon qui suivait impatiemment toute la cérémonie, sans la moindre idée du rôle qui avait été le sien.

« Je ne comprends toujours pas, murmura Eddie. À quoi a bien pu servir votre mort ?

— À ce que tu vives, lui répondit l'Homme Bleu.

— Mais on se connaissait à peine. Un parfait inconnu ou presque, voilà ce que j'étais pour vous ! »

L'Homme Bleu mit son bras autour des épaules d'Eddie. Celui-ci perçut à nouveau cette même sensation de chaleur attendrissante et émouvante.

« Des inconnus ne sont jamais que des proches que l'on ne connaît pas encore », lui expliqua l'Homme Bleu.

**Là-dessus** il attira Eddie contre lui et ce dernier sentit sur-le-champ tout ce que l'Homme Bleu avait éprouvé durant sa vie et qui se précipita alors dans son corps pour s'y mettre à nager : solitude, honte, nervosité, et puis la crise cardiaque. Tout cela glissa en Eddie comme un tiroir que l'on referme.

« Je m'en vais maintenant, lui murmura l'Homme Bleu à l'oreille. Cette étape céleste est terminée pour moi. Mais d'autres gens t'attendent.

– Une minute ! lui lança Eddie en le retenant. Dites-moi juste une chose. Est-ce que je l'ai sauvée, la fillette ? Celle de la fête foraine. Je l'ai sauvée ? »

L'Homme Bleu ne répondit pas. Eddie était effondré.

« Alors ma mort a été inutile, comme ma vie.

– Aucune vie n'est inutile, lui rétorqua l'Homme Bleu. Le seul moment que nous gâchons, c'est celui où nous croyons être seuls. »

Il fit quelques pas vers sa tombe et sourit. Ce faisant, sa peau prit une très belle teinte caramélisée, lisse et parfaite. C'était même la peau la plus parfaite qu'Eddie ait jamais vue.

« Attendez ! » hurla-t-il, mais il fut soudain emporté à toute vitesse dans les airs, loin du cimetière, et se mit à planer au-dessus de l'immense océan gris.

Au-dessous de lui il aperçut les toits de la fête foraine d'autrefois, avec ses clochetons, ses tourelles et ses drapeaux claquant au vent.

Puis tout disparut.

# Dimanche 15 heures

C'est une foule toujours silencieuse qui entourait les débris du Grand Plongeon. Des femmes âgées avaient porté la main à leur cou. Les mères avaient éloigné leurs enfants. Plusieurs malabars en débardeur s'étaient faufilés tout devant, comme si cette affaire était de leur ressort. Pourtant, une fois là, eux aussi se contentaient de regarder, impuissants, tandis qu'un soleil de plomb découpait nettement les ombres et obligeait les gens à mettre leur main en visière.

*C'est grave?* murmuraient-ils. Dominguez jaillit de derrière la foule, le visage écarlate et sa chemisette trempée de sueur. Il vit le carnage.

« Oh non, non, pas Eddie », gémit-il en se tenant la tête.

Les responsables de la sécurité arrivèrent eux aussi et firent écarter la foule. Mais ils étaient tout aussi impuissants. Alors, mains sur les hanches, ils attendirent l'ambulance. On aurait dit qu'eux tous – les mères, les pères et les gamins tenant leurs énormes gobelets – tous étaient à la fois trop pétrifiés pour regarder et trop pétrifiés pour s'en aller. La mort gisait à leurs pieds tandis que les haut-parleurs continuaient de déverser une mélodie foraine.

*C'est grave?* Des sirènes hurlaient. Des hommes en uniforme accouraient. On entoura l'endroit d'un ruban jaune. Les baraques de la foire baissèrent leurs grilles. On ferma les attractions pour une durée indéterminée. La nouvelle de cette terrible affaire se répandit sur la plage comme une traînée de poudre et quand le soleil se coucha, ce fut sur une Ruby Pier déserte.

# Aujourd'hui,
## c'est l'anniversaire d'Eddie

*De sa chambre, même quand la porte est fermée, Eddie sent le bifteck que sa mère fait griller avec des poivrons verts et des oignons rouges, une odeur forte et boisée qu'il adore.*

*« Eddd-diiie ! crie-t-elle depuis la cuisine. Où tu es ? Tout le monde t'attend ! »*

*Il dégringole du lit et repose sa B.D. Il a dix-sept ans aujourd'hui, il est trop vieux pour ce genre de lecture mais il adore l'idée de ce héros fantomatique qui lutte contre les méchants pour sauver le monde. Il a donné sa collection à ses jeunes cousins fraîchement débarqués de Roumanie. La famille d'Eddie était allée les chercher au bateau et ils s'étaient installés dans la chambre qu'Eddie partageait avec son frère Joe. Les cousins ne parlent pas anglais, mais ils aiment bien les B.D. Ce qui donne à Eddie une bonne excuse pour les conserver.*

76

« *Voilà notre grand garçon* », chantonne sa mère quand il entre dans la pièce d'un pas non-chalant.

Il porte une chemise blanche et une cravate bleue qui serre son cou musclé. Famille, amis et employés lèvent leurs verres pour le saluer, un véritable grondement. Entouré d'un petit nuage de fumée de cigare, le père d'Eddie joue aux cartes dans un coin.

« Hé, m'man, devine un peu quoi ? hurle Joe. Hier soir Eddie a rencontré une fille !

– Oooh. Vraiment ? »

Eddie sent son visage s'empourprer.

« Ouais. Et il a même dit qu'il allait l'épouser !

– Ta gueule », lui lance Eddie.

Joe fait la sourde oreille.

« Ouais, même qu'il est entré dans la chambre, les yeux écarquillés, et puis qu'il m'a dit : "Joe, je viens de rencontrer ma future femme." »

Eddie bouillonne de colère.

« Je t'ai dit de la fermer !

– C'est quoi son petit nom, Eddie ? demande quelqu'un.

– Elle va à l'église ? »

Eddie se dirige vers son frère et lui flanque une beigne.

« Ouuuille !

– Eddie !

77

*– Je t'ai dit de la fermer ! »*
*Joe laisse encore échapper :*
*« Et il a dansé avec elle au Poussiè... »*
*Bing.*
*« Ouille !*
*– LA FERME !*
*– Eddie, arrête ! »*
*Même les cousins de Roumanie ont levé la tête maintenant – une bagarre, ça ils comprennent – tandis que les deux frères s'empoignent et se tabassent, loin du divan, jusqu'à ce que le père d'Eddie pose son cigare et hurle : « Bouclez-la avant que je vous flanque une raclée, à tous les deux ! »*
*Les deux frères se séparent, haletants et furibards. Quelques parents plus âgés sourient. L'une des tantes murmure : « Il doit vraiment l'aimer, cette fille. »*
*Plus tard, après le repas de fête, une fois les bougies soufflées et la plupart des invités repartis, la mère d'Eddie allume la radio. Les informations parlent de la guerre en Europe et le père d'Eddie décrète que le bois de charpente et le fil de laiton vont se faire rares, si ça continue comme ça. Ça ne sera plus possible d'entretenir le matériel de la foire. « Quelles vilaines nouvelles pour un anniversaire », constate la mère d'Eddie.*
*Elle fait tourner le bouton jusqu'à ce que la petite TSF diffuse de la musique : un orchestre*

*joue un air de swing et la voilà qui sourit en chantonnant. Puis elle se dirige vers Eddie, avachi sur sa chaise et picorant les dernières miettes de gâteau. Elle enlève son tablier, le plie et le pose sur une autre chaise, puis elle prend Eddie par la main.*

*« Montre-moi comment tu dansais, avec ta nouvelle amie, lui dit-elle.*

*– M'man !*

*– Allez, viens. »*

*Eddie se lève comme si on l'emmenait à l'abattoir. Son frère a un petit sourire narquois. Mais sa mère au joli visage rond continue de chantonner et d'esquisser des pas jusqu'à ce qu'Eddie se mette à danser avec elle.*

*« Daaa daa deeee..., elle accompagne la mélodie, quand tu es avec moaaa... da da... les étoiles et la lune... le da... da... en juin... »*

*Ils font le tour du salon jusqu'à ce qu'Eddie éclate de rire. Il a beau dépasser sa mère d'une bonne tête au moins, elle le fait tournoyer sans difficulté.*

*« Alors, elle te plaît, cette fille ? » murmure-t-elle.*

*Eddie fait un faux pas.*

*« C'est bien. Je suis contente pour toi », lui dit-elle.*

*Ils virevoltent jusqu'à la table et la mère d'Eddie empoigne Joe qu'elle oblige à se lever.*

« *Et maintenant je veux vous voir danser ensemble ! ordonne-t-elle.*

*— Moi, avec lui ?*

*— M'man ! »*

*Mais elle insiste, ils se laissent fléchir, et bientôt Joe et Eddie rient et trébuchent l'un vers l'autre. Main dans la main, ils se déplacent en battant des ailes et effectuent des cercles exagérés. Ils tournoient autour de la table, au grand ravissement de leur mère, tandis qu'à la radio les clarinettes mènent la mélodie, que les cousins roumains battent des mains, et que les derniers fumets du steak grillé s'évanouissent dans l'air de la fête.*

# La deuxième personne
# qu'Eddie rencontre au Ciel

**Eddie sentit ses pieds toucher le sol.** Le ciel changea à nouveau de couleur, de bleu cobalt il devint gris foncé et Eddie se retrouva entouré d'arbres couchés et de gravats noircis. Il palpa ses bras, ses épaules, ses cuisses et ses mollets. Il avait l'impression d'être plus fort qu'auparavant; sauf que, lorsqu'il essaya de toucher ses orteils, il n'y arrivait plus, sa souplesse s'était envolée! Finie la sensation enfantine d'être en caoutchouc, le moindre de ses muscles était à présent dur comme un roc.

Il jeta un regard circulaire autour du terrain désert. Sur une colline voisine gisaient une nacelle en mille morceaux et les os en décomposition d'un animal quelconque. Eddie sentit une chaude bouffée de vent lui balayer le visage tandis que le ciel explosait en un jaune flamboyant.

Il se remit alors à courir.

Il courait différemment maintenant, à la manière dure et cadencée d'un soldat. Il entendit le tonnerre – ou quelque chose d'approchant, des explosions, à moins que ça n'ait été le souffle de bombes – et se laissa instinctivement tomber par terre, atterrissant sur l'estomac et avançant ensuite sur ses avant-bras. Le ciel s'ouvrit en deux et déversa une averse épaisse et brunâtre. Eddie baissa la tête et continua de ramper dans la boue, recrachant l'eau sale autour de ses lèvres.

Il finit par sentir sa tête frôler quelque chose de solide. Il leva les yeux et vit un fusil planté dans le sol, avec un casque posé dessus et des plaques d'identité pendant de la crosse. Les yeux papillotant à cause de la pluie, il tâta les plaques puis, terrifié, recula à quatre pattes dans un mur poreux fait des lianes filandreuses qui pendaient d'un impressionnant banian. Il plongea dans leur obscurité, se recroquevilla et tenta de reprendre son souffle. Même au Ciel la peur l'avait débusqué.

Le nom, sur les plaques d'identité, c'était le sien !

**Les jeunes gens partent** à la guerre. Parfois par obligation, parfois par choix. Dans les deux cas ils ont toujours l'impression que c'est un devoir. Parce que de tristes légendes humaines se sont suivies au fil des siècles, qui ont encouragé un fâcheux amalgame entre avoir du courage et prendre les armes, ou être lâche si on les rend.

Quand son pays entra en guerre, Eddie se réveilla de bonne heure par un matin pluvieux ; il se rasa, peignit ses cheveux vers l'arrière, et partit s'engager. Puisque les autres se battaient, il se battrait aussi.

Pas question pour sa mère de le laisser partir. Quant à son père, une fois mis au courant il alluma une cigarette et en souffla lentement la fumée.

« Tu pars quand ? » fut sa seule question.

Puisqu'il ne s'était jamais servi d'un vrai fusil, Eddie commença son entraînement au stand de tir de la fête foraine. Pour dix *cents* la carabine bourdonnait, on pressait sur la détente, et on tirait alors de la mitraille sur des reproductions d'animaux sauvages, des lions ou des girafes. Eddie y allait chaque soir, une fois vérifiés les leviers de freinage du Petit Train. Ruby Pier s'était effectivement adjoint de nouvelles attractions, moins imposantes, les montagnes russes coûtant trop cher à entretenir depuis la Dépression.

Le Petit Train portait bien son nom puisque ses wagons lui arrivaient à la cuisse.

Avant de s'engager, Eddie avait travaillé pour économiser l'argent qui lui permettrait de faire des études d'ingénierie mécanique. Il rêvait de construire, même si son frère n'arrêtait pas de lui seriner : « Mais enfin, Eddie, t'es pas assez intelligent pour ça ! »

Dès le début de la guerre, les affaires ralentirent à Ruby Pier. La plupart des clients d'Eddie étaient maintenant des mères seules avec enfants, puisque les pères étaient partis au front. Parfois les enfants demandaient à Eddie qu'il les prenne sur ses épaules, mais, quand il s'exécutait, il ne pouvait s'empêcher de remarquer le triste sourire de leurs mères : le geste était bien le bon, mais la paire de bras ne l'était pas. Eddie se disait que, bientôt, lui aussi irait rejoindre ces hommes au loin et que c'en serait alors fini de ses journées passées à graisser des rails et actionner des leviers de frein. La guerre en ferait un homme. Et peut-être même qu'il manquerait à quelqu'un, lui aussi.

Au cours d'une de ses dernières soirées, Eddie était penché sur la carabine du petit stand de tir où il s'appliquait de toutes ses forces. *Bang ! Bang !* Il essayait de s'imaginer tirant sur l'ennemi pour de vrai. *Bang !* Y aurait-il un bruit quand ses balles l'atteindraient ? *Bang !* Ou tomberait-il très simplement, comme ces lions et ces girafes ?

*Bang ! Bang !*

« On s'entraîne à tuer, mon gars ? »

Derrière lui, Mickey Shea avec ses cheveux jaune sale mouillés de sueur et le visage aviné. Eddie haussa les épaules et reprit son tir. *Bang !* En plein dans le mille. *Bang !* Et là aussi !

« Hmmph », grogna Mickey.

Eddie aurait de beaucoup préféré que le vieil ivrogne s'en aille et le laisse s'entraîner en paix. Il entendait sa respiration laborieuse, le sifflement nasal de ses inspirations et expirations qui lui rappelait un pneu de vélo que l'on gonfle.

Eddie continuait de tirer. Il sentit tout à coup qu'on lui agrippait douloureusement l'épaule.

« Écoute-moi, mon gars, gronda Mickey à voix basse. C'est pas un jeu, la guerre. S'il faut tirer, tu tires, tu piges ? Sans remords. Et sans hésitation. Tu tires et tu tires encore, et tu penses pas à celui sur qui tu tires, ni qui tu tues, ni pourquoi, t'as pigé ? Si t'as envie de rentrer chez toi, tu tires, tu réfléchis pas. »

Il serra encore plus fort.

« Si tu réfléchis, t'es foutu. »

Eddie se retourna et le dévisagea. Mickey lui donna un coup sec sur la joue et Eddie leva instinctivement le poing pour lui rendre la pareille. Mais Mickey rota et recula en vacillant. Puis il regarda Eddie et on l'aurait dit sur le point de pleurer. La carabine de foire cessa de bourdonner. La pièce d'Eddie était épuisée.

Les jeunes gens partent à la guerre, parfois par obligation, parfois par choix. Quelques jours plus tard Eddie faisait son sac et laissait Ruby Pier derrière lui.

**La pluie s'arrêta.** Réfugié sous le banian, frissonnant et trempé, Eddie laissa échapper un long soupir rauque. Il écarta les lianes et vit le fusil et le casque toujours plantés dans le sol. Il se rappela que les soldats faisaient ça pour indiquer la tombe de leurs morts.

Il sortit en rampant. Tout là-bas, sous une petite crête, il vit les ruines d'un village bombardé et brûlé, réduit à un tas de décombres. Ébahi, Eddie regarda un moment ce spectacle, la bouche grande ouverte et les yeux tentant de se focaliser sur la scène. Puis sa poitrine se serra, comme celle d'un homme

qui viendrait de recevoir de mauvaises nouvelles. Cet endroit, il le connaissait. Il avait
hanté ses rêves.

« Variole », lança soudain une voix.

Eddie fit volte-face.

« Variole. Typhoïde. Tétanos. Fièvre jaune. »

La voix venait de là-haut, quelque part
dans les arbres.

« Impossible de savoir ce que c'était, cette
maudite fièvre jaune ! J'ai jamais rencontré
quelqu'un qui l'ait eue. »

La voix était forte, avec un léger accent
traînant du Sud et les intonations rocail-
leuses d'un homme qui aurait hurlé pendant
des heures.

« J'ai fait faire tous les vaccins nécessaires
contre ces fichues maladies et je suis mort ici
quand même, solide comme un roc ! »

L'arbre s'agita. Quelques petits fruits tombèrent aux pieds d'Eddie.

« Tu les aimes, ces pommes ? » lui demanda
la voix.

Eddie se redressa puis s'éclaircit la gorge.

« Sortez de là, ordonna-t-il.

– Monte », lui répondit la voix.

Et Eddie se retrouva pratiquement au sommet d'un arbre de la hauteur d'un immeuble.
Juché à cheval sur une grosse branche, il vit

la terre en dessous, qui lui parut bien éloignée. Entre les branches plus fines et les grosses feuilles du banian, Eddie distingua vaguement les contours d'un homme en treillis militaire, adossé au tronc. Son visage était recouvert d'une substance charbonneuse et ses yeux luisaient comme de minuscules ampoules rouges.

Eddie eut de la peine à déglutir.

« Capitaine ? murmura-t-il. C'est vous ? »

**Ils avaient servi** ensemble dans l'armée. Le Capitaine était le commandant d'Eddie. Ils avaient combattu ensemble aux Philippines, où leurs chemins s'étaient ensuite séparés. Après quoi Eddie avait complètement perdu sa trace. Il avait entendu dire que le Capitaine était mort au combat.

Une volute de fumée de cigarette apparut.

« Ils t'ont expliqué le règlement, soldat ? »

Eddie baissa le regard. Il voyait la terre tout en bas, mais savait qu'il ne pouvait pas tomber.

« Je suis mort, répondit-il.

— Affirmatif.

— Et *vous* aussi.

— Affirmatif.

— Et vous êtes... ma deuxième personne ? »

Le Capitaine tenait sa cigarette en l'air. Il sourit comme pour dire : « *Qui aurait cru qu'on fumait là-haut ?* » Puis il tira une longue bouffée et souffla un petit nuage blanc.

« Je parie que tu ne m'attendais pas, hein ? »

**Eddie avait appris beaucoup** de choses pendant la guerre. Conduire un tank. Se raser avec de l'eau froide dans son casque. Être prudent quand il tirait depuis un trou afin d'éviter de toucher un arbre et d'être blessé par le retour d'un éclat.

Il avait aussi appris à fumer. À marcher au pas. À franchir un pont de cordes tout en portant une capote, une radio, une mitraillette, un masque à gaz, un trépied de mitrailleuse, un paquetage et plusieurs cartouchières sur l'épaule ! Et il y avait appris à boire le café le plus infect de sa vie.

Il avait appris quelques mots dans quelques langues étrangères. Et à cracher très loin. Il avait appris le hourra nerveux du soldat ayant survécu à son premier combat, quand les hommes se donnent l'accolade et sourient comme si c'était fini – on peut rentrer chez nous maintenant ! – et il avait appris l'effondrement dépressif du second combat, quand le soldat prend conscience que le pre-mier sera suivi de beaucoup d'autres.

Il avait appris à siffler dents serrées. À dor-mir sur un sol caillouteux. Il avait appris que la gale était occasionnée par des bestioles urticantes qui s'enfoncent sous la peau, sur-tout si l'on a porté les mêmes vêtements sales toute une semaine. Il avait appris que les os d'un homme sont vraiment blancs quand ils transpercent brutalement sa peau.

Appris à prier en vitesse. Et dans quelle poche garder les lettres adressées à sa famille et à Marguerite, au cas où on le retrouverait mort avec ses camarades. Il avait appris que parfois l'on est dans une tranchée, aux côtés de l'un de ces camarades justement, à grom-meler qu'on a faim ; l'instant d'après un petit *vouf* et le camarade tombe, après quoi la faim est le cadet de ses soucis.

Et alors qu'une année se transformait en deux années puis en trois, il avait également appris que même les durs à cuire et les gros bras vomissent sur leurs godillots au moment d'être parachutés, et que, la veille d'un combat, les officiers aussi parlent dans leur sommeil. Il avait appris comment faire un prisonnier, mais jamais comment en devenir un, par contre. Comme cette nuit sur une île des Philippines, où son unité avait été prise dans une fusillade impressionnante et où ils s'étaient dispersés pour se mettre à l'abri. Le ciel s'était embrasé et Eddie avait entendu l'un de ses copains pleurer au fond d'un fossé comme un gosse ; il lui avait hurlé : « La ferme ! » puis s'était aperçu que l'homme pleurait parce qu'un soldat ennemi était penché au-dessus de lui, un fusil sur sa tempe. Eddie avait senti alors quelque chose de froid sur son cou, et découvert qu'il y avait un autre soldat ennemi juste derrière lui.

**Le Capitaine écrasa** sa cigarette. Il était plus âgé que les hommes de l'unité d'Eddie, c'était un militaire de carrière. Efflanqué, l'air conquérant et le menton proéminent, il ressemblait à un acteur de cinéma de l'époque. La plupart des soldats l'appréciaient, bien qu'il fût colérique et qu'il eût pris la sale manie de vous hurler tellement près du visage que l'on voyait ses dents, prématurément jaunies par le tabac. Mais le Capitaine promettait toujours qu'il ne laisserait « personne en rade » quoi qu'il advienne, et ça, ça réconfortait ses hommes.

« Capitaine..., répéta Eddie, encore sous le choc.

91

— Affirmatif.

— Mon Capitaine.

— Pas la peine. Mais merci quand même.

— C'est... Vous avez le même air...

— Que la dernière fois où tu m'as vu ? dit-il avec un grand sourire ; puis il cracha par-dessus la branche et vit l'air ahuri d'Eddie. C'est vrai. Y a pas de raison de cracher ici. On n'y tombe pas malade non plus. On respire toujours pareil. Et la tambouille est incroyable ! »

*La tambouille ?* Eddie se demandait bien de quoi il parlait.

« Capitaine, écoutez. C'est une erreur. Je sais toujours pas pourquoi je suis ici. J'avais une vie sans intérêt comme préposé à l'entretien. Depuis des années je vivais dans le même appartement. Je m'occupais des manèges, des grandes roues, des montagnes russes, des petits bateaux lance-fusées tout bêtes. Pas de quoi pavaner. Je me laissais porter, pour ainsi dire. Ce que je veux dire, c'est que... »

Eddie déglutit.

« Qu'est-ce que je fiche ici ? »

Le Capitaine le regarda avec ses drôles d'yeux brillants et Eddie s'interdit de poser l'autre question qui l'inquiétait, maintenant qu'il avait vu l'Homme Bleu : Avait-il tué le Capitaine aussi ?

« Tu sais, je me demandais, dit le Capitaine en se frottant le menton, les hommes de notre unité, est-ce qu'ils sont restés en contact ? Willingham ? Morton ? Smitty ? Tu les as revus ? »

Eddie se souvenait des noms. Et, non, ils n'étaient pas restés en contact. La guerre a la faculté d'aimanter des hommes entre eux, puis celle de les repousser ensuite. Tout ce qu'ils avaient vu, tout ce qu'ils avaient fait, parfois ils souhaitaient avant tout l'oublier.

« Non, capitaine, on n'est pas restés en contact. » Il haussa les épaules. « Désolé. »

Le capitaine hocha la tête comme s'il s'y attendait.

« Et toi ? Tu es retourné dans cette fête foraine où on avait tous promis d'aller si on s'en sortait vivants ? Des tours gratuits pour tous les GI ? Deux filles par mec dans le Tunnel des amours ? C'était bien ça que tu nous avais promis ? »

Eddie souriait presque. Oui, c'était bien ce qu'il avait dit. Ce qu'ils avaient tous dit. Mais une fois la guerre finie, aucun d'eux n'y était venu.

« Ouais, j'y suis retourné, répondit Eddie.

– Et alors ?

– Et alors... j'en suis jamais reparti. J'ai essayé pourtant. J'ai fait des projets... Mais y avait cette satanée jambe. Je ne sais pas. Rien n'a marché comme je voulais. »

Eddie haussa les épaules. Le Capitaine scruta son visage. Ses yeux se rétrécirent. Il baissa la voix.

« Tu jongles toujours ? » lui demanda-t-il.

**« Allez !... Avancez... Avancez ! »**
Les soldats ennemis hurlaient en les poussant à coups de baïonnettes. Eddie, Smitty, Morton, Rabozzo et le Capitaine furent regroupés en bas d'une colline escarpée, mains sur la tête, tandis que des obus de mortier explosaient tout autour d'eux. Eddie vit une silhouette courir entre les arbres puis tomber sous une rafale de balles.

Il essaya de photographier mentalement leur marche nocturne – cabanes, routes, tout ce qu'il parvenait à distinguer –, sachant l'importance de telles informations en cas d'évasion. Un avion vrombissait au loin, emplissant Eddie d'une vague de désespoir aussi brutale qu'écœurante. C'est ça, la torture intérieure du prisonnier, cette distance infime entre la liberté et la captivité. Si seulement Eddie avait pu bondir et agripper l'aile de cet avion, il aurait pu fuir loin de cette magistrale erreur.

Au lieu de quoi, lui et les autres étaient attachés aux poignets et aux chevilles. Et ils furent jetés dans un baraquement en bambou construit sur pilotis au-dessus d'un sol boueux. Ils restèrent là des jours, des semaines, des mois, avec en guise de matelas des sacs de toile bourrés de paille. Une cruche en argile faisait office de lavabo. La nuit, les gardiens ennemis rampaient sous la cabane pour écouter leurs conversations. Avec le temps, de toute façon, ils parlèrent de moins en moins.

Ils maigrissaient, s'affaiblissaient, on voyait leurs côtes, même chez Rabozzo qui était pourtant un gars rondouillard, au début. Leur nourriture ? Des boulettes de riz trop salées et un brouet brunâtre dans lequel flottait de l'herbe. Un soir, Eddie retira du bol un frelon mort qui avait perdu ses ailes, ce qui coupa immédiatement l'appétit de ses compagnons.

**Leurs ravisseurs ne savaient** trop que faire d'eux. Le soir ils entraient avec leurs baïonnettes en leur agitant les pointes sous le nez, leur hurlaient dessus dans une langue étrangère, puis semblaient attendre une réponse, sans succès.

Ils n'étaient que quatre, pour autant qu'Eddie pût en juger, et le Capitaine estimait ces quatre-là coupés d'une unité plus importante et devant aviser au jour le jour, ainsi que cela arrive souvent dans la vraie guerre. Leurs visages décharnés et osseux étaient surmontés de touffes de cheveux noirs. L'un d'eux paraissait trop jeune pour être soldat. Un autre avait des dents tordues comme Eddie n'en avait jamais vu de sa vie. Le Capitaine les avait surnommés Cinglé numéro un, Cinglé numéro deux, Cinglé numéro trois et Cinglé numéro quatre.

« Pas question de connaître leurs noms, avait-il dit. Ni qu'eux connaissent les nôtres. »

Les hommes s'adaptent à la captivité, et certains mieux que d'autres. Morton, un jeune efflanqué volubile originaire de Chicago, s'agitait chaque fois qu'il entendait un bruit au-dehors, se frottant alors le menton en marmonnant : « Oh, mon Dieu, mon Dieu, mon Dieu... » jusqu'à ce que les autres lui ordonnent de la fermer. Smitty, fils d'un pompier de Brooklyn, était la plupart du temps tranquille, mais, aux moult va-et-vient de sa pomme d'Adam, on voyait qu'il déglutissait fréquemment. Eddie apprit par la suite qu'en fait il se mâchait la langue. Rabozzo, le jeune rouquin de Portland, dans l'Oregon, offrait dans la journée un visage impassible, mais se réveillait souvent la nuit en criant : « Pas moi ! Pas moi ! »

Eddie, lui, bouillonnait en quasi-permanence. Il serrait le poing et, de ce poing serré, à l'image du joueur de base-ball anxieux de ses jeunes années, il se frappait la paume de l'autre main des heures d'affilée, ce qui mettait ses articulations à vif. La nuit, il rêvait qu'il était de retour dans Ruby Pier, sur les poneys de ce manège où cinq personnes tournaient en rond jusqu'à ce que retentisse une sonnerie. Il y était en compétition avec ses copains, ou son frère, ou Marguerite. Puis le rêve se transformait et voilà que c'étaient les quatre Cinglés qui chevauchaient les poneys voisins à présent, et qui le cognaient en ricanant.

Des années d'attente là-bas – qu'un tour finisse, que les vagues se retirent, que son père lui parle – avaient fait d'Eddie un expert en patience. Mais il avait atteint ses limites et bien envie que le vent tourne à présent. Il serrait les mâchoires en se frappant la paume et pensait à toutes les bagarres auxquelles il avait participé dans son quartier d'antan, dont la fois où il avait envoyé deux gamins à l'hôpital d'un seul coup de couvercle de poubelle. Il s'imaginait ce qu'il aurait fait à ses gardes s'ils n'avaient pas eu de fusils.

Un beau matin les prisonniers furent réveillés par des cris, l'éclat de baïonnettes, et les quatre Cinglés les firent lever, les attachèrent puis les emmenèrent le long d'un tunnel. Il n'y avait pas de lumière et le sol était froid ; par contre il y avait des pics, des pelles et des seaux.

« Bordel, une mine de charbon ! » s'exclama Morton.

**Dès ce jour-là**, Eddie et les autres furent obligés de gratter le charbon des murs pour appuyer l'effort de guerre ennemi. Certains pelletaient, d'autres arrachaient, d'autres encore transportaient des morceaux d'ardoise ou construisaient des étais pour soutenir le plafond. Ils n'étaient pas les seuls prisonniers, il y avait aussi là des non-anglophones qui regardaient Eddie de leurs yeux vides. Interdit de s'adresser la parole. Un gobelet d'eau toutes les quelques heures. À la fin de la journée, les visages des prisonniers étaient incroyablement noirs, et ils souffraient d'élancements dans le cou et les épaules à force d'être restés courbés.

Durant les tout premiers mois de sa captivité, Eddie s'endormait avec la photo de Marguerite dans son casque, qu'il posait devant lui. Il n'était pas porté sur la prière mais il priait quand même, formant les mots et tenant le compte chaque soir : « Seigneur, je vous donnerai ces six jours contre six jours avec elle... Je vous donnerai ces neuf jours contre neuf jours avec elle... Je vous donnerai ces seize jours contre seize jours avec elle... »

Puis, au cours du quatrième mois, Rabozzo fut atteint d'une méchante éruption cutanée doublée d'une grave diarrhée, et donc dans l'incapacité de manger. La nuit, il sua tellement dans ses vêtements dégoûtants qu'il les trempa complètement. Il fit sous lui. Comme il n'y avait aucun habit de rechange à lui donner, il dormit nu sur son sac en toile et le Capitaine lui offrit le sien en guise de couverture.

Le lendemain, c'est tout juste si Rabozzo pouvait tenir debout, au fond de la mine. Les quatre Cinglés furent impitoyables. Dès qu'il ralentissait, ils le poussaient à coups de bâton pour qu'il continue de gratter.

« Laissez-le tranquille », gronda Eddie.

Cinglé numéro deux, le plus brutal de leurs gardes, frappa Eddie de la crosse de sa baïonnette. Eddie s'effondra, une douleur cuisante entre les omoplates. Rabozzo gratta encore quelques morceaux de charbon puis s'effondra à son tour. Cinglé numéro deux lui cria après pour qu'il se relève.

« Il est malade ! » hurla Eddie en se remettant péniblement debout.

D'un seul coup Cinglé numéro deux le renvoya par terre.

« Ferme-la, Eddie, murmura Morton. Ça vaut mieux pour toi. »

Cinglé numéro deux se pencha au-dessus de Rabozzo et lui souleva les paupières. Rabozzo gémit. Cinglé numéro deux lui adressa alors un immense sourire et gazouilla comme à un bébé. Puis il fit « Ahh » et éclata de rire. Il riait en les regardant tous, les yeux dans les leurs, s'assurant que tous le regardaient bien. Après quoi il sortit son revolver, l'enfonça dans l'oreille de Rabozzo, et tira.

Eddie sentit son corps se fendre en deux. Ses yeux se brouillèrent et son cerveau s'obscurcit. L'écho du coup de revolver flotta dans la mine tandis que le visage de Rabozzo baignait dans une mare de sang qui n'en finissait pas de s'élargir. Morton se mit la main sur la bouche. Le Capitaine baissa les yeux. Personne ne bougea.

À coups de godillots, Cinglé numéro deux lui recouvrit le corps de poussière noire, puis il regarda Eddie d'un air méchant et cracha à ses pieds. Il hurla quelque chose à Cinglé numéro trois et Cinglé numéro quatre, qui paraissaient aussi médusés que les prisonniers. Un instant, Cinglé numéro trois secoua la tête et se mit à marmonner en remuant furieusement les lèvres ; paupières baissées, on aurait dit qu'il récitait une prière. Mais Cinglé numéro deux agita son fusil, hurla de nouveau, et Cinglé numéro trois et Cinglé numéro quatre saisirent le corps de Rabozzo par les pieds et le tirèrent sur le sol, laissant derrière eux une traînée de sang humide qui, dans l'obscurité, pouvait ressembler à de l'essence. Ils le laissèrent retomber contre un mur, à côté d'un piolet.

À partir de ce jour-là, Eddie cessa de prier. Tout comme il cessa de compter les jours. Le Capitaine et lui ne parlaient plus que de s'évader avant de subir le même sort. Selon le Capitaine, l'effort de guerre ennemi était désespéré, c'est pourquoi ils avaient besoin de chaque prisonnier, même à demi mort, pour arracher du charbon. Au fil des jours il y avait d'ailleurs de moins en moins de prisonniers, au fond de la mine. Et la nuit Eddie entendait des bombardements, qui semblaient se rapprocher. Selon le Capitaine, si les choses tournaient mal, leurs gardes n'hésiteraient pas à tout raser. Il avait vu des fossés creusés sous les baraquements des prisonniers, ainsi que de grands barils d'essence au sommet de la colline escarpée.

« C'est pour brûler les preuves, murmura le Capitaine. Ils creusent nos tombes. »

**Trois semaines plus tard**, sous un clair de lune brumeux, c'est Cinglé numéro trois qui était de garde dans les baraquements. Il s'était saisi de deux grosses pierres, presque aussi grosses que des briques, avec lesquelles il essayait de jongler pour passer le temps. Il n'arrêtait pas de les laisser tomber, de les ramasser, de les jeter bien haut dans les airs puis de les laisser à nouveau tomber. Dérangé par ce bruit sourd, Eddie, recouvert de suie, ouvrit les yeux. Il avait tenté de dormir mais voilà qu'à présent il se soulevait doucement. Une fois qu'il y vit plus clair, il sentit alors ses nerfs reprendre vie.

« Capitaine..., chuchota-t-il, prêt à foncer ? »

Le Capitaine leva la tête.

« À quoi tu penses ?

– À ces pierres. »

Eddie fit un signe de tête vers le garde.

« Eh bien, quoi ? lui demanda le Capitaine.

– Je sais jongler », murmura Eddie.

Le Capitaine jeta un regard de côté.

« Quoi ? »

Mais Eddie criait déjà au garde :

« Hé ! Toi ! Tu fais tout de travers ! »

De sa paume il effectua un geste circulaire.

« Comme ça ! Il faut faire ça comme ça ! Donne ! »

Il tendit la main.

« Je sais jongler, moi. Donne. »

Cinglé numéro trois le regarda avec circonspection. De tous les gardes, Eddie sentait que c'était avec celui-là qu'il avait le plus de chances. Cinglé numéro trois avait parfois glissé aux prisonniers des morceaux de pain par la petite ouverture dans la cabane faisant office de fenêtre. Eddie refit le mouvement circulaire et sourit. Cinglé numéro trois s'approcha, s'arrêta, repartit chercher sa baïonnette, puis fit rouler les deux pierres dans la direction d'Eddie.

« Comme ça », dit Eddie, qui se mit alors à jongler sans le moindre effort.

Il avait appris à l'âge de sept ans, auprès d'un forain italien capable de faire tourner six assiettes en même temps! Eddie avait passé un nombre d'heures incalculable à s'entraîner sur la promenade avec des galets, des balles en caoutchouc et tout ce qui lui tombait sous la main. Ce n'était rien d'exceptionnel. Pratiquement tous les enfants de Ruby Pier savaient jongler.

Mais cette fois-ci il s'activait furieusement avec les deux pierres, jonglant plus vite afin d'impressionner le garde. Puis il s'arrêta, tendit les pierres et dit :

« Donne-m'en une autre. »

Cinglé numéro trois grogna.

« Avec *trois* pierres, tu vas voir ce que tu vas voir. » Eddie tendit trois doigts. « *Trois*. »

Voilà que Morton et Smitty s'étaient assis, eux aussi. Le Capitaine se rapprocha.

« Où on va comme ça? marmonna Smitty.

– Si je peux en avoir encore une autre... », murmura Eddie.

Cinglé numéro trois ouvrit la porte en bambou et fit ce qu'Eddie espérait, c'est-à-dire appeler les autres à grands cris. Cinglé numéro un apparut avec une grosse pierre, suivi de Cinglé numéro deux. Cinglé numéro trois jeta la pierre à Eddie en hurlant quelque chose. Puis il se recula tout en souriant aux autres, auxquels il fit signe de s'installer comme pour dire : « Regardez-moi un peu ça. »

Eddie lançait les pierres en cercles réguliers et bien rythmés. Chacune avait la grosseur de sa paume. Il s'accompagnait en fredonnant une mélodie foraine. « Ta, ta-ta-ta taaaaa... » Les gardes riaient. Eddie riait. Le Capitaine riait. Un rire forcé, histoire de gagner du temps.

« *Rap-pro-chez*-vous », chantonna Eddie, comme si les mots faisaient partie de la mélodie.

Morton et Smitty s'avancèrent doucement, l'air faussement intéressé.

Les gardes appréciaient le spectacle et leur vigilance se relâcha. Eddie essaya de retenir son souffle. Juste un tout petit peu plus longtemps. Il lança une pierre très haut en l'air, jongla avec les deux qui lui restaient, rattrapa la troisième, puis recommença.

« Ahh ! laissa échapper Cinglé numéro trois.

– Ça te plaît ? » lui demanda Eddie.

Le voici qui jonglait plus vite à présent. Sans s'arrêter, il jeta bien haut une pierre et observa les gardes qui la suivaient du

regard. Il chantonnait « *Tata-ta-taaa* », puis
« *Je compte jusqu'à trois* », puis « *Ta, ta-ta-ta-
taaa...* », puis « *Capitaine, le gars de gauuuche...* ».

Cinglé numéro deux eut un froncement de
sourcil soupçonneux, mais Eddie sourit
comme souriaient les jongleurs de Ruby Pier
quand l'attention des spectateurs se relâ-
chait. « Visez-moi un peu ça, visez-moi un
peu ça, visez-moi un peu ça ! roucoulait
Eddie. Le plus grand spectacle du monde,
Raymonde ! »

Eddie accéléra encore son rythme, puis il
compta « Un... deux... » et lança une pierre
encore plus haut que la fois précédente. Les
Cinglés la regardèrent monter.

« Et on y va ! » hurla Eddie.

En plein jonglage il s'empara d'une pierre
et, tel le bon lanceur de base-ball qu'il avait
toujours été, la projeta violemment en plein
visage de Cinglé numéro deux, dont il cassa
le nez. Puis il s'empara de la seconde pierre
et la jeta de la main gauche en plein sur le
menton de Cinglé numéro un, qui tomba en
arrière, tandis que le Capitaine intervenait
pour s'emparer de sa baïonnette. Cinglé
numéro trois, momentanément pétrifié, saisit
son pistolet et tira comme un fou, alors que

Morton et Smitty le plaquaient aux jambes.
La porte s'ouvrit à la volée et Cinglé numéro
quatre se précipita à l'intérieur. Eddie le visa
avec la dernière pierre et manqua sa tête de
quelques centimètres ; mais comme il plon-
geait, le Capitaine, adossé au mur avec la
baïonnette, lui transperça le thorax si fort
qu'ils passèrent tous deux brutalement par la
porte. Dopé à l'adrénaline, Eddie bondit sur
Cinglé numéro deux et lui boxa le visage plus
fort qu'il ne l'avait jamais fait sur Pitkin Avenue. Il saisit une pierre qui traînait et lui en
martela le crâne sans répit, jusqu'à ce qu'il
regarde ses mains et y voie un horrible
magma se révélant être un mélange de sang,
de peau et de suie. Puis il entendit une déto-
nation et se prit le crâne, souillant ses tempes
du magma. Il leva les yeux et vit Smitty
debout au-dessus de lui, un pistolet ennemi à
la main. Le corps de Cinglé numéro deux
retomba mollement. Le sang s'écoulait de sa
poitrine.

« En hommage à Rabozzo », marmonna
Smitty.

En quelques minutes les quatre gardes
étaient morts.

**Maigres, décharnés**, nu-pieds et couverts
de sang, les prisonniers se dirigèrent en

courant vers la colline escarpée. Eddie s'attendait à des coups de feu, à d'autres gardes qu'il faudrait combattre, mais non. Les autres cabanes étaient vides. En fait, le camp entier était vide. Eddie se demanda depuis combien de temps les quatre Cinglés et eux étaient seuls ici.

« Les autres ont dû prendre la fuite en entendant le bombardement, chuchota le Capitaine. On doit être le dernier groupe. »

Les barils d'essence étaient plantés sur le premier redent de la colline. À moins de cinq cents mètres se trouvait l'entrée de la mine de charbon. Il y avait une cabane de réserves à côté et, après s'être assuré qu'elle était vide, Morton s'y précipita. Il en ressortit avec une brassée de grenades et de fusils, ainsi que deux lance-flammes d'aspect primitif.

« Mettons-y le feu », dit-il.

# Aujourd'hui, c'est l'anniversaire d'Eddie

*Sur le gâteau on lit : « Bonne chance ! Bagarre-toi ferme ! » Et sur un côté, quelqu'un a ajouté les mots « Reviens vite » en lettres bleues sinueuses, mais, le « v-i-t-e » étant compressé, on lisait plutôt « Reviens vie »...*

*La mère d'Eddie avait déjà nettoyé et repassé ses vêtements du lendemain. Elle les avait accrochés sur un portemanteau à la poignée de l'armoire de sa chambre, et avait posé son unique paire de chaussures cirées en dessous.*

*Eddie est à la cuisine. Les mains derrière le dos, il fait l'idiot avec ses cousins roumains qui essaient de lui filer des coups dans le ventre. Par la fenêtre de la cuisine l'un d'eux tend le doigt vers le carrousel illuminé pour les clients en nocturne.*

*« Chevaux ! » s'exclame l'enfant.*

*La porte d'entrée s'ouvre et Eddie entend une voix qui fait bondir son cœur, encore mainte-*

nant. *Il se demande si c'est une faiblesse qu'il ne devrait pas emporter à la guerre.*

*« Bonjour, Eddie », lui dit Marguerite.*

*La voilà sur le seuil de la cuisine, avec son air merveilleux, et Eddie ressent ce chatouillement familier dans la poitrine. Elle essuie quelques gouttes d'eau sur ses cheveux et sourit. À la main, elle tient une petite boîte.*

*« Je t'ai apporté quelque chose. Pour ton anniversaire, et aussi... pour ton départ. »*

*Elle sourit à nouveau. Eddie a tellement envie de la serrer contre lui qu'il se sent sur le point d'éclater. Peu lui importe le contenu de la boîte. Un seul souvenir compte : le moment où elle la lui tend. Comme toujours quand il s'agit de Marguerite, Eddie ne souhaite qu'une seule chose : arrêter le temps.*

*« C'est super », lui dit-il.*

*Elle rit.*

*« Tu ne l'as pas encore ouverte.*

*— Écoute. » Il se rapproche. « Est-ce que...*

*— Eddie ! hurle quelqu'un dans l'autre pièce. Viens un peu souffler les bougies.*

*— Ouais ! On a faim !*

*— Chut, Sal, s'il te plaît !*

*— Mais si, on a faim ! »*

*Il y a du gâteau, de la bière, du lait, des cigares, et on porte un toast en l'honneur d'Eddie. Vient un moment où sa mère commence à pleurer et où elle étreint Joe, son autre fils qui reste au pays parce qu'il a les pieds plats.*

*Plus tard ce soir-là Eddie emmène Marguerite le long de la promenade. Il connaît par son prénom le moindre vendeur de tickets ou de saucisses, et chacun lui souhaite bonne chance. Quelques femmes plus âgées ont les larmes aux yeux et Eddie se dit que leurs fils doivent être déjà partis.*

*Marguerite et lui s'achètent des sodas au goût de fruit, de mélasse et de cerise, ainsi que des friandises dont ils picorent des morceaux dans le petit sac blanc où leurs doigts s'amusent à se bagarrer. Dans la galerie de jeux, Eddie actionne une main en plâtre et sa flèche dépasse « mou » puis « bof » puis « moyen » pour monter jusqu'à « balèze ».*

*« Tu es vraiment costaud, lui dit Marguerite.*

*– Tu veux dire balèze ? » interroge Eddie en faisant saillir ses muscles.*

*À la fin de la soirée, ils sont debout sur la promenade comme dans une scène de film et se tiennent les mains, appuyés contre la rambarde. Là-bas sur le sable, un vieux chiffonnier a rassemblé des bouts de bois et des serviettes déchirées pour se faire un petit feu, à côté duquel il s'est recroquevillé pour la nuit.*

« *Pas besoin de me demander d'attendre* », dit brusquement Marguerite.

*Eddie déglutit.*

« *Ah bon ?* »

*Elle hoche la tête. Eddie sourit. Débarrassé d'une question qui lui a serré la gorge toute la soirée, il lui semble qu'une corde vient juste de jaillir de son cœur et de s'enrouler autour de ses épaules à elle, l'attirant près de lui et la faisant sienne. Il l'aime plus à ce moment-là qu'il a jamais imaginé pouvoir aimer quiconque.*

*Une goutte de pluie tombe sur son front. Et encore une autre. Il lève les yeux vers les nuages menaçants.*

« *Hé, balèze* », fait Marguerite.

*Elle sourit mais baisse ensuite la tête et cligne des yeux pour en chasser l'eau, tellement bien qu'Eddie a du mal à dire s'il s'agit de gouttes ou de larmes.*

« *Évite de te faire tuer, d'accord ?* » *l'implore-t-elle.*

**Le soldat qui vient d'être libéré** est bien souvent furieux. Que ce soit à cause des nuits et des jours perdus, ou de la torture et de l'humiliation subies, qui éveillent en lui un terrible désir de vengeance, sans parler de celui de remettre les compteurs à zéro.

Aussi quand Morton, les bras chargés d'armes volées, lança aux autres : « Brûlons tout ça », la réaction logique fut un oui franc et massif. Imbus de leur nouveau sentiment de toute-puissance, les hommes se dispersèrent en possession de la force de frappe ennemie, Smitty vers l'entrée de la mine de charbon, Morton et Eddie vers les barils d'essence, tandis que le Capitaine se mettait en quête d'un véhicule.

« On se retrouve ici dans cinq minutes ! aboya-t-il. Le bombardement va bientôt reprendre et là faudra être partis. Pigé? Cinq minutes! »

Juste assez de temps pour détruire ce qui les avait abrités pendant près de six mois. Smitty lança les grenades dans le puits de mine, puis fila en courant. Eddie et Morton firent rouler au milieu des cabanes deux barils qu'ils ouvrirent non sans les avoir examinés au préalable; l'un après l'autre ils allumèrent l'extrémité de leur lance-flammes et regardèrent les cabanes s'embraser.

« Brûlez! hurla Morton.

– Brûlez! » hurla Eddie.

Le puits de mine explosa de l'intérieur et une fumée noire s'éleva à l'entrée. Sa besogne accomplie, Smitty courut vers le point de ralliement. D'un coup de pied, Morton envoya son baril d'essence dans une cabane et déclencha ainsi un jet de flammes serpentiforme.

Eddie observait en ricanant, puis il descendit le sentier qui menait à la dernière cabane. Elle était plus grande que les autres, on aurait dit une grange, et il leva son arme. *C'est fini*, se dit-il. *Fini*. Toutes ces semaines et tous ces mois passés entre les mains de ces salauds, de ces gardes inhumains aux dents cariées et au visage décharné qui leur avaient servi de la soupe aux frelons. De toute évidence, il n'avait aucune idée de ce qui allait s'ensuivre, mais, après ce qu'ils avaient enduré ici, ça ne pouvait pas être pire.

Eddie pressa sur la détente. *Vouf.* Le feu prit très vite. Le bambou était sec et en moins d'une minute des flammes orange et jaune consumèrent les murs de la grange. Eddie entendit tout au loin le grondement d'un moteur. Il se prit alors à espérer que le Capitaine avait trouvé un véhicule pour assurer leur fuite. Mais brutalement surgis dans le ciel, il s'agissait en fait des premiers bruits du bombardement, ces mêmes bruits qu'ils avaient entendus nuit après nuit. Les voilà qui s'étaient encore rapprochés et Eddie comprit que le pilote verrait les flammes. Quel que soit son camp, cet avion leur viendrait forcément en aide. Et il pourrait rentrer chez lui ! Il se tourna vers la grange en flammes et...

*Qu'est-ce que c'était ?*

Il cligna des yeux.

*Qu'est-ce que c'était ?*

Quelque chose franchit le seuil d'un bond. Eddie plissa les yeux pour mieux voir. La chaleur était intense et il mit sa main en visière. Il n'en était pas sûr mais il lui semblait avoir entrevu une petite silhouette courir au milieu des flammes.

« Hé ! hurla Eddie en avançant d'un pas et en baissant son arme. HÉ ! »

Le toit de la grange commençait à s'effondrer, dispersant dans sa chute flammes et étincelles. Eddie fit un saut en arrière. Ses yeux larmoyaient. C'était peut-être bien une ombre après tout.

« EDDIE ! ON Y VA ! »

Depuis le haut du sentier Morton lui faisait signe de le rejoindre. Les yeux d'Eddie piquaient. Il respirait difficilement. Il tendit le doigt en hurlant :

« Il y a quelqu'un là-dedans ! »

Morton mit sa main en cornet.

« Quoi ?

– Quelqu'un... dedans !... »

Morton secoua la tête. Il n'entendait rien. Eddie se retourna et fut presque sûr de voir à nouveau la silhouette enfantine rampant là-bas, dans la grange en feu. Cela faisait plus de deux ans qu'Eddie vivait uniquement entouré d'hommes, donc de silhouettes adultes, et cette vague ombre lui évoqua brutalement ses jeunes cousins à Ruby Pier, le Petit Train qu'il conduisait alors, les montagnes russes et les gamins sur la plage,

Marguerite, sa photo et tout ce qu'il avait chassé de son esprit depuis tant de mois.

« HÉ! SORS DE LÀ! hurla-t-il en laissant tomber le lance-flammes et en se rapprochant encore. JE NE TIRERAI... »

Une main agrippa son épaule, l'attirant d'un coup sec vers l'arrière. Eddie fit brusquement volte-face, les poings serrés. C'était Morton qui hurlait : « EDDIE! Faut partir MAINTENANT! »

Eddie secoua la tête.

« Non... non... attends... attends... attends, je pense qu'il y a quelqu'un dans la...

– Y a personne là-dedans! VIENS! »

Eddie était désespéré. Il revint à la grange et Morton l'empoigna à nouveau. Cette fois-ci Eddie se retourna brusquement et le frappa en pleine poitrine. Morton tomba à genoux. De grands coups résonnaient dans la tête d'Eddie et son visage se tordit de colère. Il se retourna pour regarder encore les flammes, les yeux mi-clos. *Là. C'était quoi? Qui roulait donc derrière le mur? Là?*

Il fit un pas en avant, convaincu qu'un innocent se consumait sous ses yeux. Puis le reste du toit s'effondra dans un grondement, dispersant sur sa tête une pluie d'étincelles comme autant de poussières électriques.

Au même instant, la totalité de la guerre lui remonta comme de la bile. Il eut le cœur soulevé par la captivité et les meurtres, le sang et la bouillie qui séchaient sur ses tempes, le bombardement, l'incendie et la vanité du tout. Son unique souhait du moment était de sauvegarder quelque chose, un fragment de Rabozzo, de lui-même, qu'importe, et il s'avança en chancelant vers les débris en flammes, persuadé, même si c'était insensé, que chaque ombre noire abritait une âme. Les avions vrombissaient au-dessus de sa tête et les rafales de leurs mitraillettes ressemblaient à des roulements de tambour.

À la manière dont Eddie avançait, on l'aurait dit hypnotisé. Il franchit une flaque d'essence qui avait pris feu et le dos de ses vêtements s'enflamma à son tour. Une flamme jaune monta le long de sa cheville et de son mollet. Il leva les bras et hurla :

« JE VAIS VOUS AIDER! SORTEZ! JE NE VAIS PAS TIR... »

C'est alors qu'une douleur aiguë lui traversa la jambe. Il lança un long juron, un énorme juron, puis il s'effondra sur le sol en hurlant. Sous son genou le sang coulait à flots. Tandis qu'en haut les moteurs des avions rugissaient. Et que le ciel s'illuminait de flammes bleuâtres.

Alors qu'il gisait là, en sang et en flammes, les yeux fermés pour se protéger de la chaleur desséchante, pour la première fois de sa vie Eddie se sentit prêt à mourir. Puis quelqu'un le tira en arrière, le roula dans la boue comme un sac de haricots secs afin d'éteindre les flammes, et il se laissa faire, trop sonné et trop faible pour résister. Il se retrouva bientôt dans un véhicule, entouré des autres qui l'incitaient à tenir bon, à tenir bon. Il avait le dos brûlé et le vertige, son genou était endormi et il était las, tellement, tellement las.

**Le Capitaine hocha** lentement la tête à l'évocation de ces derniers instants.

« Tu te rappelles comment tu t'es sorti de là? lui demanda-t-il.

— Pas vraiment.

— Il t'a fallu deux jours. Tu n'arrêtais pas de perdre et de reprendre connaissance. Tu as beaucoup saigné aussi.

— On s'en est sortis pourtant.

— Ouaiiis. » Le Capitaine traîna sur le mot et le ponctua d'un soupir. « Cette balle t'a joliment bien eu en tout cas. »

En fait, la balle n'avait jamais été entièrement enlevée. Elle avait sectionné plusieurs

119

tendons et nerfs et s'était heurtée à un os, causant une fracture verticale. Eddie avait subi deux interventions, mais aucune n'avait résolu le problème. Les médecins l'avaient informé qu'il lui en resterait une claudication, qui empirerait vraisemblablement avec l'âge à mesure que ses membres déformés s'abîmeraient... « On a fait pour le mieux », avaient-ils dit. Vraiment ? Et ils savaient ça comment ? Tout ce qu'Eddie savait, lui, c'est qu'il s'était réveillé dans une unité médicale, et qu'après ça sa vie n'avait plus jamais été la même. Plus question de courir ni de danser. Pire encore, pour une sombre raison son ressenti habituel des choses avait été altéré lui aussi. Il se retira en lui-même tant ces choses lui semblaient sottes ou inutiles. La guerre s'était immiscée en lui, dans sa jambe et dans son âme aussi. En tant que soldat il avait appris bien des choses. Ce fut un autre homme qui revint chez lui.

« Savais-tu que je descends de trois générations de militaires ? » lui dit le Capitaine.

Eddie haussa les épaules.

« Eh oui. Je savais tirer au pistolet à six ans. Le matin mon père inspectait mon lit en faisant rebondir une pièce sur les draps, et à table c'était toujours " Affirmatif " ou " À vos ordres ".

« Avant d'entrer dans l'armée, recevoir les ordres en question était mon *forte*. Finir par en donner était donc la suite logique.

« Être militaire en temps de paix, c'était une chose, et j'ai eu quelques petits futés comme recrues. Mais quand la guerre a éclaté, les bleus ont afflué – des jeunes gens comme toi – et tous me saluaient en me demandant ce qu'il fallait faire. Je voyais la peur dans leurs yeux, ils se comportaient comme si je détenais sur la guerre un secret quelconque. Sur la manière de les maintenir en vie, par exemple. Tu l'as cru aussi, non ? »

Eddie dut reconnaître que oui.

Le Capitaine s'étira puis se frotta le cou.

« Comme si c'était le cas ! Moi aussi je recevais des ordres. Mais si j'ignorais comment vous maintenir en vie, je pensais être capable d'au moins vous garder ensemble. Au beau milieu d'une grande guerre, on cherche toujours une petite idée à laquelle se raccrocher. Et quand on l'a trouvée, on s'y accroche comme un soldat s'accroche à son crucifix quand il prie au fond d'un trou.

« Pour moi, cette petite idée, c'était la phrase que je ne cessais de vous répéter, comme quoi je ne laisserais personne en rade. »

Eddie hocha la tête.

« C'était drôlement important pour nous »,
assura-t-il.

Le Capitaine le regarda bien en face.

« J'espère bien ! »

Puis il plongea dans sa poche de poitrine et
en sortit une autre cigarette, qu'il alluma.

« Pourquoi vous dites ça ? » demanda
Eddie.

Le Capitaine souffla la fumée puis, du bout
de sa cigarette, il désigna la jambe d'Eddie.

« Parce que c'est moi qui t'ai tiré dessus. »

Eddie regarda sa jambe qui se balançait
par-dessus la branche. Les cicatrices de
l'opération étaient revenues. Et la souffrance
avec. Il sentit monter en lui un sentiment
qu'il n'avait plus éprouvé depuis avant sa
mort, depuis bien longtemps, donc : une
incontrôlable poussée de colère doublée du
désir de faire mal. Il plissa les yeux et dévisagea le Capitaine, qui lui rendit son regard
avec indifférence, comme s'il connaissait la
suite. D'ailleurs, ses doigts lâchèrent la cigarette.

« Vas-y », murmura-t-il.

Eddie hurla, se jeta sur lui en agitant un
bras, puis les deux hommes tombèrent de

l'arbre et roulèrent au beau milieu des branches et des lianes tout en continuant de se battre.

« **Pourquoi ? Salaud !** Espèce de salaud ! Pas vous ! POURQUOI ? »

Les voilà qui s'empoignaient sur le sol boueux à présent, et Eddie se retrouva à cali-fourchon sur la poitrine du Capitaine, dont il martelait le visage sans que ce dernier saigne pour autant. Eddie le secoua par le col, lui cogna la tête dans la boue, et le Capitaine ne cilla pas davantage. Il se tourna plutôt d'un côté puis de l'autre sous l'impact de chaque coup, laissant libre cours à la fureur d'Eddie. Pour finir, d'un seul bras il saisit ce dernier, qu'il retourna alors sur le dos.

« Parce que sinon tu ne serais pas sorti vivant de cet incendie, lui expliqua-t-il cal-mement, le coude en travers de la poitrine d'Eddie. Tu serais mort alors que ce n'était pas encore ton heure. »

Eddie haletait violemment.

« Mon... heure ? »

Le Capitaine poursuivit :

« Ton idée fixe, c'était d'entrer dans cette cabane. Tu as pratiquement assommé Mor-ton quand il a essayé de t'arrêter. On avait

123

une minute pour te sortir de là et, vu ta satanée force, on n'avait pas beaucoup de chances de gagner. »

Eddie eut un dernier sursaut de rage et agrippa le Capitaine par le col. Il se rapprocha encore de lui et vit ses dents jaunies par le tabac.

« Ma... jaaaaambe ! siffla Eddie. Ma *vie* !

– J'ai sacrifié ta jambe pour te sauver la vie », lui dit tranquillement le Capitaine.

Eddie relâcha son emprise et se laissa retomber, épuisé. Ses bras lui faisaient mal. La tête lui tournait. Pendant toutes ces années il avait été hanté par cette erreur bien précise, ce moment bien précis où sa vie entière avait basculé.

« Il n'y avait personne dans cette cabane. Mais pourquoi j'ai *cru* ça ? Si seulement je n'y étais pas entré... (Sa voix ne fut plus qu'un murmure.) Pourquoi je ne suis pas *mort*, tout simplement ?

– Je vous avais promis de ne laisser personne en rade, tu te souviens ? lui rappela le Capitaine. Ce qui s'est emparé de toi, je l'ai observé chez d'autres gars des tas de fois. Un soldat arrive à un certain point puis il ne peut pas aller plus loin. Parfois ça se passe au milieu de la nuit. Le soldat va très simplement sortir de sa tente et se mettre à marcher pieds nus, à demi dévêtu, comme s'il rentrait chez lui ou qu'il habitait juste au coin de la rue.

« Parfois ça se passe en plein combat. Le soldat laisse tomber son fusil et son regard est vide. Dès ce moment-là il est cuit, il ne pourra plus se battre. D'ailleurs, en général il se fait tuer.

« Dans ton cas, même chose, tu as craqué devant un incendie, une minute à peine avant qu'on file. Pas question pour moi de te laisser brûler vif. Je pensais qu'une blessure à la jambe, ça guérirait. On t'a sorti de là puis les autres t'ont conduit dans une unité médicale. »

La respiration d'Eddie martelait sa poitrine. Sa tête était souillée par la boue et les feuilles. Il lui fallut une minute pour bien comprendre les dernières paroles du Capitaine.

« Les autres ? Qu'est-ce que vous voulez dire, " les autres " ? » lui demanda Eddie.

Le Capitaine se leva. Il chassa une brindille de sa jambe.

« Est-ce que tu m'as jamais revu ? » lui lança-t-il.

Non, en effet. Eddie avait été transporté en avion à l'hôpital militaire, puis son handicap lui avait valu d'être démobilisé et renvoyé ensuite aux États-Unis. Des mois plus tard il avait entendu dire que le Capitaine ne s'en était pas sorti, mais il l'avait cru mort dans un autre combat, à la tête d'une autre unité. Une lettre contenant une médaille arriva un jour, mais Eddie l'avait laissée de côté sans l'ouvrir. Les mois qui suivirent la guerre furent sombres et peuplés d'idées noires, il oublia les détails et n'avait d'ailleurs aucune envie de les rassembler. Avec le temps, il changea d'adresse.

« C'est bien ce que je disais, poursuivit le Capitaine. Tétanos? Fièvre jaune? Toutes ces vaccinations? Une fameuse perte de temps! »

D'un mouvement de tête il indiqua une direction derrière l'épaule d'Eddie, qui se retourna alors pour regarder.

**Et il vit tout à coup** non plus les collines dénudées, mais la nuit de leur évasion, avec sa lune embrumée, ses avions et ses cabanes en feu. Au volant d'un véhicule, le Capitaine; à l'intérieur Smitty, Morton, et Eddie étendu sur le siège arrière, brûlé, blessé et à demi conscient, tandis que Morton fixait un garrot au-dessus de son genou. Les obus tombaient de plus en plus près. Le ciel noir s'illuminait à quelques secondes d'intervalle, comme si le soleil s'allumait et s'éteignait périodiquement. Le véhicule fit une embardée en arrivant en haut de la colline, puis il fut arrêté par un portail de fortune fait de bois et de fil de fer, impossible à contourner à cause d'une dénivellation abrupte des deux côtés. Le Capitaine s'empara d'un fusil et bondit hors du véhicule. D'un coup de feu il fit sauter la serrure et ouvrit le portail en grand. D'un geste il ordonna à Morton de prendre le volant, puis d'un autre il désigna ses propres yeux pour indiquer qu'il allait inspecter le sentier qui virait plus loin dans un bosquet. Il courut aussi vite qu'on le peut lorsque l'on est pieds nus, cinquante mètres après le virage.

La voie était libre et il fit signe à ses hommes d'avancer. Au-dessus de sa tête un avion vrombissait et il leva les yeux pour voir de quel bord il était. C'est alors qu'il scrutait le ciel qu'un petit cliquetis se fit entendre sous son pied droit.

La mine antipersonnel explosa immédiatement, comme une flamme éructée depuis le cœur de la terre. Elle souffla le Capitaine cinq mètres en l'air et le déchiqueta en mille morceaux, ne laissant plus de lui qu'un amas brûlant fait d'os, de cartilages et d'une centaine de tronçons de chair calcinée, dont certains voltigèrent par-dessus la terre boueuse pour atterrir dans le banian.

# La deuxième leçon

« Oh, mon Dieu, fit Eddie en fermant les yeux et en rejetant la tête en arrière. Oh, mon Dieu, oh, mon Dieu ! Je ne savais pas, mon Capitaine. C'est révoltant. C'est horrible ! »

Le Capitaine hocha la tête puis détourna le regard. Les collines avaient retrouvé leur aspect dénudé, les ossements d'animaux et la nacelle en mille morceaux, ainsi que les restes incandescents du village. Eddie comprit que c'était là le cimetière du Capitaine. Pas de cercueil ni de funérailles. Juste son squelette en mille morceaux, et la terre boueuse.

« Vous avez attendu ici tout ce temps ? murmura Eddie.

– Le temps n'est pas ce que tu t'imagines, lui répondit le Capitaine en s'asseyant auprès de lui. La mort ? Ce n'est pas la fin de tout, contrairement à ce que l'on croit. Notre vie

sur terre n'est jamais qu'un commencement. »

Eddie semblait perdu.

« C'est un peu comme dans la Bible, le
marché conclu avec Adam et Ève, lui expliqua le Capitaine. Lors de la première nuit
d'Adam sur terre, il se couche pour dormir
et, ignorant ce qu'est le sommeil, se dit que
c'est terminé. Ses yeux se ferment et il pense
qu'il va quitter ce monde, OK ?

« Sauf que ce n'est pas le cas. Il se réveille
le lendemain matin et il a affaire à un monde
tout neuf, avec en prime cet acquis supplémentaire qu'est le jour précédent. »

Le Capitaine eut un large sourire.

« C'est la même chose ici, soldat. Voilà ce
que représente le Ciel selon moi : un endroit
où l'on peut tirer la leçon des jours pré-
cédents. »

Il sortit son paquet de cigarettes en plastique et le tapota du doigt.

« Tu me suis ? Je n'ai jamais été très péda-
gogue. »

Eddie le regarda attentivement. Il se l'était
toujours imaginé bien plus âgé. Mais aujourd'hui, et alors qu'il était débarrassé d'une
partie de la poussière de charbon, il se rendait compte que le visage du Capitaine était

à peine ridé, et sa chevelure noire abondante. Il n'avait pas dû dépasser la trentaine.

« Vous êtes resté ici depuis votre mort, reprit Eddie, mais c'est deux fois plus long que votre vie ! »

Le Capitaine acquiesça.

« Je t'attendais. »

Eddie baissa les yeux.

« C'est ce que m'a dit l'Homme Bleu.

– Eh bien, lui *aussi* faisait partie de ta vie, de ce que tu as vécu et de la façon dont tu l'as vécu, partie de l'histoire qu'il te fallait connaître ; maintenant qu'il te l'a contée, il est loin d'ici et je le serai bientôt aussi. Alors écoute bien ce que tu as besoin que je t'apprenne. »

Eddie sentit son dos se redresser.

« Un sacrifice, dit le Capitaine. Tu en as fait un. J'en ai fait un. On en fait tous. Sauf que le tien t'a rendu furieux. Tu n'as pas arrêté de penser à ce que tu avais perdu.

« Parce que tu n'as pas compris ; que se sacrifier fait partie intégrante de la vie. Il *faut* faire des sacrifices. On ne doit pas les regretter mais plutôt y *aspirer*, qu'ils soient petits ou qu'ils soient grands, que l'on soit une mère qui travaille pour payer des études à son fils, une fille qui revient chez ses parents pour s'occuper de son père malade.

« Ou un homme qui part à la guerre... »

Il s'arrêta un instant et son regard se perdit au loin, dans le ciel gris et nuageux.

« Rabozzo n'est pas mort pour rien, tu sais. Il s'est sacrifié pour son pays et sa famille le savait, son petit frère est devenu un bon soldat et un grand homme, grâce à son exemple.

« Je ne suis pas mort pour rien non plus. Cette nuit-là on aurait tous pu passer sur cette mine antipersonnel, et là on aurait été quatre à disparaître. »

Eddie secoua la tête.

« Mais vous... » Il baissa la voix. « Vous avez perdu la vie. »

Le Capitaine fit claquer sa langue.

« Nous y voilà. Parfois, quand on sacrifie quelque chose de précieux, on ne le perd pas vraiment. On se contente de le transmettre à quelqu'un d'autre. »

Le Capitaine se dirigea vers la tombe symbolique qu'était le fusil toujours planté dans le sol, avec le casque posé dessus et les plaques d'identité pendant de la crosse. Il glissa le casque et les plaques sous un bras et arracha le fusil à la boue pour le jeter au loin comme si ça avait été un javelot. Au lieu d'atterrir, celui-ci plana simplement dans le ciel et disparut. Le Capitaine se retourna.

« Je t'ai tiré dessus, d'accord, et tu as perdu quelque chose, mais tu as gagné autre chose. Sauf que tu ne le sais pas encore. Moi aussi d'ailleurs, j'ai gagné quelque chose.

– Quoi?

– J'ai tenu ma promesse, celle de ne pas te laisser en rade. »

Il lui tendit la main.

« Tu me pardonnes, pour ta jambe? »

Eddie réfléchit un instant. Il pensa à l'amertume qui avait suivi sa blessure, à sa colère en songeant à tout ce qu'il lui avait fallu abandonner. Puis il pensa à tout ce que le Capitaine avait abandonné, lui, et il eut honte. Alors il tendit la main aussi. Le Capitaine la saisit énergiquement.

« Voilà ce que j'attendais. »

Les épaisses lianes tombèrent des branches du banian et disparurent dans le sol avec un sifflement. À la vitesse de l'éclair de nouvelles branches saines apparurent et s'étalèrent, couvertes de petites feuilles lisses et caoutchouteuses ainsi que de grappes de figues. Le Capitaine leva simplement les yeux, comme si rien de tout cela ne l'étonnait. Puis il essuya le restant de suie de son visage.

« Capitaine? demanda Eddie.

– Ouais? »

– Pourquoi ici ? Vous pouviez choisir n'importe quel endroit pour m'attendre, non ? C'est ce que m'a dit l'Homme Bleu en tout cas. Alors pourquoi ici ? »

Le Capitaine sourit.

« Parce que je suis mort au combat. J'ai été tué dans ces collines et j'ai quitté le monde sans en connaître grand-chose d'autre que la guerre – des histoires de guerre, des plans de guerre, une famille en guerre.

« Je souhaitais voir à quoi ressemblait le monde *sans* guerre, avant qu'on se mette tous à s'entretuer. »

Eddie jeta un regard circulaire.

« Mais pourtant *c'est* la guerre ici !

– Pour toi. Mais nos regards sont différents. On ne voit pas la même chose, toi et moi. »

Il leva une main et le paysage incandescent se transforma. Les décombres s'évanouirent, des arbres poussèrent et s'épanouirent, la boue se changea en herbe verte et luxuriante. Les nuages noirs s'écartèrent comme des rideaux pour découvrir un ciel bleu saphir. Une brume légère et blanche traversa le faîte des arbres, et un soleil jaune orangé monta au-dessus de l'horizon, réfléchi par les océans étincelants qui entouraient maintenant l'île. C'était d'une beauté pure, parfaite et immaculée.

Eddie posa les yeux sur son ancien supérieur, dont le visage était propre et l'uniforme tout à coup impeccable.

« Voilà, dit le Capitaine en levant les bras, voilà ce que moi je vois. »

Il resta un instant immobile, admirant le spectacle.

« Au fait, je ne fume plus. C'étaient tes yeux qui voyaient tout ça. » Il eut un petit rire étouffé. « Pourquoi je fumerais au Ciel ? »

Et il commença à s'éloigner.

« Attendez ! hurla Eddie. J'ai une question. Concernant ma mort. Dans la fête foraine. Est-ce que je l'ai sauvée, cette fillette ? J'ai senti ses mains, mais je n'arrive pas à me rappeler... »

Le Capitaine se retourna et Eddie ravala ses paroles, gêné d'avoir osé demander ça à un homme qui était mort de façon aussi horrible.

« Je voudrais juste savoir, c'est tout », marmonna-t-il.

Le Capitaine se gratta derrière l'oreille. Il regarda Eddie avec compassion.

« Je n'en sais fichtre rien, soldat. »

Eddie baissa la tête.

« Mais il y a sûrement quelqu'un qui sait. »

Puis le Capitaine lui jeta le casque et les plaques.

« C'est à toi. »

Eddie baissa les yeux.

Dans la doublure intérieure du casque, la photo froissée d'une femme lui serra à nouveau le cœur. Quand il leva les yeux, le Capitaine avait disparu.

# Lundi 7 h 30

Le matin qui suivit l'accident, Dominguez se rendit de bonne heure à l'atelier, sans s'arrêter pour prendre son petit déjeuner habituel composé d'un *bagel* et d'une boisson gazeuse. La foire était fermée, mais il y pénétra quand même et ouvrit le robinet de l'évier. Il se passa les mains sous l'eau courante, s'apprêtant à nettoyer quelques pièces détachées. Puis il ferma le robinet et changea d'idée. Le lieu lui parut deux fois plus tranquille qu'il ne l'était une minute auparavant.

« Qu'est-ce qu'il y a ? »

Willie était planté sur le pas de la porte de l'atelier. Il portait un débardeur vert, un jean déformé, et il tenait à la main un journal titrant « Tragédie à la Foire ».

« J'ai du mal à dormir, expliqua Dominguez.

— Ouais. » Willie se laissa choir lourdement sur un tabouret métallique. « Moi aussi. »

Il fit demi-tour sur ledit tabouret, regardant le journal sans le voir.

« Quand tu crois qu'on va rouvrir ? »

Dominguez haussa les épaules.

« Demande à la police. »

Ils restèrent un moment assis, tranquilles, puis ils changèrent de position comme s'ils faisaient ça à tour de rôle. Dominguez soupira. Willie fouilla dans la poche de sa chemisette à la recherche d'un chewing-gum. On était lundi. Lundi matin. Et ils attendaient que le vieil homme arrive pour lancer le travail de la journée.

# La troisième personne
# qu'Eddie rencontre au Ciel

Une bourrasque souleva brusquement Eddie et il tourna sur lui-même comme une montre de gousset au bout de sa chaîne. Une explosion de fumée l'emporta, engloutissant son corps dans un abîme de couleurs. Le ciel semblait se rapprocher, jusqu'à ce qu'il le sente sur sa peau comme une couverture tirée sur lui. Puis ce même ciel fila, telle une flèche, en une explosion de jade. Apparurent alors des millions d'étoiles, on aurait dit du sel saupoudré sur le firmament verdâtre.

Eddie cligna des yeux alors qu'il se trouvait à présent au sommet d'une montagne particulièrement étonnante, une chaîne interminable faite de pics couronnés de neige, de rochers déchiquetés et de pentes de pourpre pur. Sur un plat entre deux crêtes, un immense lac noir dans lequel se réfléchissait la lune brillante.

En bas de la montagne Eddie repéra une lumière colorée qui vacillait et changeait en rythme toutes les quelques secondes. Il marcha dans cette direction et s'aperçut alors qu'il était dans la neige jusqu'aux chevilles. Il leva le pied et le secoua énergiquement. Les flocons s'éparpillèrent dans un chatoiement doré. Au toucher, ils n'étaient ni froids ni humides.

*Où est-ce que je peux bien être à présent?* se demanda Eddie. Il fit une nouvelle fois l'inventaire de son corps, pressant sur ses épaules, sa poitrine, son estomac. Les muscles de ses bras demeuraient tendus, fermes, mais son abdomen était plus relâché, plus flasque. Il hésita puis appuya sur son genou gauche. La douleur se fit lancinante et Eddie grimaça. En quittant le Capitaine, il avait espéré que cette douleur disparaîtrait. Au lieu de cela il lui semblait redevenir l'homme qu'il avait été sur terre, avec ses cicatrices, sa graisse et tout et tout. Pourquoi le Ciel vous faisait-il revivre votre propre décrépitude?

Il suivit les lumières vacillantes jusqu'au bas de l'étroite chaîne. Ce paysage austère et silencieux était stupéfiant de ressemblance avec l'idée qu'Eddie se faisait du Ciel. Il se

demanda un moment s'il était possible qu'il
en ait terminé, que le Capitaine se soit
trompé et qu'il n'y ait peut-être plus personne à rencontrer. Il traversa la neige,
contourna une plate-forme rocheuse pour
déboucher dans une grande clairière d'où
provenaient les lumières. Il cligna à nouveau
des yeux, cette fois incrédule.

Là, complètement isolé au milieu de l'étendue neigeuse, se dressait un bâtiment en
forme de wagon, avec un toit rouge en ber-
ceau et un extérieur en acier inoxydable.
Au-dessus clignotait une enseigne avec ces
mots : « *À MANGER* ».

Un petit restaurant routier.

Eddie avait passé de nombreuses heures
dans un lieu identique. D'ailleurs, ils se ressemblaient tous avec leurs banquettes à haut
dossier, leur comptoir brillant et leur rangée
de fenêtres à petits carreaux qui, de l'extérieur, donnait l'impression que les clients
étaient assis derrière les vitres d'un train.
Au travers, Eddie discernait à présent des
silhouettes, des gens qui parlaient et gesti-
culaient. Il monta les marches enneigées
jusqu'à la porte à double battant et jeta un
coup d'œil à l'intérieur.

À sa droite, un couple d'un certain âge
mangeait de la tarte, sans lui prêter la

moindre attention. D'autres clients étaient assis sur des tabourets pivotants devant le comptoir de marbre ou alors sur des banquettes, leurs manteaux accrochés à des patères. Ils semblaient appartenir à des décennies différentes puisque Eddie vit une femme en robe 1930 à col montant et un jeune homme aux cheveux longs arborant un tatouage *love & peace* sur le bras. Nombre de clients paraissaient avoir été blessés, comme ce Noir en chemisette à qui il manquait un bras, ou bien cette adolescente avec une profonde balafre sur le visage. Personne ne leva la tête quand Eddie frappa à la fenêtre. Il vit des cuisiniers coiffés de toques en papier blanc, et sur le comptoir des assiettes de mets fumants aux succulentes couleurs, qu'il s'agisse des sauces rouge foncé ou de petits gâteaux jaune vif. Ses yeux se déplacèrent jusqu'à la banquette dans le dernier recoin à droite. Et là, il se figea, n'en croyant tout bonnement pas ses yeux.

« **Non** », s'entendit-il murmurer.

Il se détourna de la porte et inspira profondément à plusieurs reprises. Son cœur battait la chamade. Il fit un brusque demi-tour, regarda à nouveau, puis frappa violemment contre la vitre.

« Non ! hurla Eddie. Non ! Non ! » continua-t-il de hurler jusqu'à ce que le mot qu'il cherchait, un mot qu'il n'avait pas prononcé depuis des décennies, finisse par se former dans sa gorge.

Alors il le cria, ce mot, il le hurla si fort que sa tête se mit à palpiter. Mais la silhouette sur la banquette resta penchée, impassible, une main sur la table et l'autre tenant un cigare, sans jamais lever le regard, peu importe combien de fois Eddie hurla le mot non-stop :

« Papa ! Papa ! Papa ! »

# Aujourd'hui, c'est l'anniversaire d'Eddie

*Dans le hall d'entrée stérile et faiblement éclairé de l'hôpital militaire, la mère d'Eddie ouvre le carton blanc et arrange les bougies sur le gâteau en les répartissant de manière égale, douze d'un côté et douze de l'autre. Le père d'Eddie, Joe, Marguerite et Mickey Shea l'entourent et la regardent.*

*« Quelqu'un a une allumette ? » murmure-t-elle.*

*Les voilà qui tâtent leurs poches. Mickey sort un paquet de sa veste, deux cigarettes tombent sur le sol. La mère d'Eddie allume les bougies. Un ascenseur tinte dans le hall. Un brancard en sort.*

*« Allez, on y va », lance-t-elle.*

*Les petites flammes se tortillent tandis qu'ils avancent de front, et ils entrent dans la chambre d'Eddie en chantant doucement : « Joyeux anniversaire, joyeux anniversaire...»*

*Le soldat dans le lit voisin se réveille en hurlant : « QU'EST-CE QUI SE PASSE ? » Puis, quand il comprend où il est, il se laisse retomber, gêné. Une fois interrompu, le chant semble trop lourd à reprendre et seule la voix de la mère d'Eddie, dans un solo tremblant, est à même de continuer.*

*« Joyeux anni-ver-saire, Ed-die... » Puis, très vite : « JoyeuxanniversaireEddie. »*

*Eddie se redresse sur son oreiller. Ses brûlures sont couvertes de pansements et sa jambe est dans une longue gouttière. Posée à côté du lit, une paire de béquilles. Il regarde ces visages et il n'a qu'une envie, s'enfuir.*

*Joe s'éclaircit la gorge.*

*« Tu m'as l'air d'aller bien », lui dit-il.*

*Les autres acquiescent rapidement. Bien. Oui. Très bien.*

*« Ta maman a apporté un gâteau », lui murmure Marguerite.*

*La mère d'Eddie fait un pas en avant, comme si c'était son tour. Elle lui tend le carton.*

*Eddie marmonne :*

*« Merci, maman. »*

*Elle jette un regard circulaire.*

*« Où on va le mettre ? »*

*Mickey saisit une chaise. Joe dégage le dessus d'une table. Marguerite déplace les béquilles d'Eddie. Seul son père ne bouge pas. Il reste debout, appuyé contre le mur du fond, sa veste sur le bras, fixant la jambe d'Eddie plâtrée du genou à la cheville.*

*Eddie croise son regard. Son père baisse les yeux et sa main effleure le rebord de la fenêtre. Eddie raidit chaque muscle de son corps et tente, par sa seule volonté, de repousser ses larmes dans leurs conduits lacrymaux.*

**Tous les parents abîment** leurs enfants, c'est inéluctable. La jeunesse est comme le verre ancien, elle absorbe les empreintes de ceux qui la touchent. Certains parents maculent, d'autres fêlent, quelques-uns brisent complètement les enfances en minuscules éclats éparpillés, impossibles à recoller ensuite.

Au départ, c'est par négligence que le père d'Eddie l'abîma. Lorsque Eddie était bébé, il le prenait rarement dans les bras ; une fois Eddie plus âgé, il ne le prenait que *par* le bras, par contrariété plus que par amour d'ailleurs. La mère d'Eddie offrait sa tendresse, son père, lui, était là pour faire régner la discipline.

Le samedi, le père d'Eddie l'emmenait à la foire. Eddie quittait la maison, la tête toute pleine d'images de manèges et de barbe à papa, mais au bout d'une heure environ son père rencontrait une connaissance à qui il disait « Garde-moi donc le gamin, tu veux bien ? » Et Eddie restait sous la surveillance d'un acrobate ou d'un dresseur d'animaux jusqu'au retour de son père tard dans l'après-midi, le plus souvent ivre.

Pourtant, durant ces innombrables heures de sa jeunesse, qu'il ait été assis sur les balustrades ou accroupi en culotte courte sur les coffres à outils de l'atelier, Eddie n'attendait qu'une seule et unique chose : que son père fasse attention à lui. Il répétait souvent : « Je peux t'aider, je peux t'aider ! » mais le seul travail qui lui était parfois confié consistait à ramper sous la grande roue avant l'ouverture de la foire, afin d'y ramasser les pièces tombées des poches des clients la veille au soir.

Son père jouait aux cartes au moins quatre soirs par semaine. On avait mis sur la table de l'argent, des bouteilles, des cigarettes, et des règles. Celle à l'intention d'Eddie était simple : ne t'avise pas de me déranger. Il avait essayé à une occasion de rester aux côtés de son père et de regarder ses cartes, mais le vieil homme avait posé son cigare et tonné, en giflant Eddie du revers de la main : « Arrête de me souffler dessus ! » Eddie avait fondu en larmes et sa mère l'avait attiré contre sa poitrine en jetant à son mari un regard furibond. Après quoi, Eddie ne s'était plus jamais approché aussi près.

D'autres soirs, quand la partie avait mal tourné, que les bouteilles étaient vides et sa mère déjà couchée, les orages de son père pénétraient jusque dans la chambre d'Eddie et de Joe. Il fouillait alors dans les pauvres jouets, qu'il jetait contre le mur. Puis il faisait mettre ses fils à plat ventre, enlevait sa ceinture et cinglait leurs postérieurs en hurlant qu'ils gaspillaient son argent dans des saletés. Eddie priait pour que sa mère se réveille, mais, même lorsque c'était le cas, son père l'avertissait de « ne pas s'en mêler ». De toute façon, la voir totalement impuissante dans l'entrée où elle tirebouchonnait sa robe de chambre était presque pire.

Le verre, symbole de l'enfance d'Eddie, s'était donc retrouvé entre des mains dures, calleuses, rouges de colère, et il avait passé ses jeunes années à être rossé, fouetté et battu. Ce fut la seconde façon de l'abîmer, les seconds dégâts subis, après la négligence : ceux de la violence. C'en était arrivé à un tel point que rien qu'en entendant le bruit sourd des pas de son père Eddie sentait si ça allait tomber dru ou pas.

Malgré tout cela, au fond de lui Eddie adorait son pater, parce que les fils adorent leurs pères même quand ce sont des monstres. C'est comme ça qu'ils apprennent la dévotion. Avant de se consacrer à Dieu ou à une femme, un garçon se consacrera à son père, même si c'est ridicule et totalement inexplicable.

**Occasionnellement**, comme pour attiser de maigres braises, le père d'Eddie laissait un vague orgueil percer tout de même le vernis de son indifférence. Sur le terrain de base-ball près de l'école de la Quatorzième Avenue, son père debout derrière la barrière, regardait Eddie jouer. Si ce dernier envoyait la balle à l'autre bout du terrain, son père opinait du chef et Eddie courait alors pour la rattraper, ainsi qu'au base-ball il convient de le faire pour marquer des points. Parfois, quand Eddie rentrait à la maison après une bagarre de rue, son père remarquait ses jointures écorchées ou sa lèvre fendue. Il lui demandait alors : « Qu'est-ce qui est arrivé à l'autre gars ? » et Eddie répondait qu'il l'avait eu, ce qui lui valait aussi l'approbation paternelle. Quand Eddie avait attaqué ces gamins qui embêtaient son frère − « des sales petits voyous », selon sa mère –, Joe, honteux, avait filé se cacher dans sa chambre ; mais le père d'Eddie avait asséné : « Ne fais pas attention à eux. C'est toi le plus fort. Protège-le... Laisse jamais personne le toucher. »

Quand Eddie entra au lycée, il calqua son emploi du temps estival sur celui de son père, se levant aux aurores et travaillant à la foire jusqu'à la tombée de la nuit. Au début, il s'occupait des manèges les plus simples, manœuvrant les leviers de freinage, arrêtant doucement les voitures. Plus tard, il travailla dans l'atelier. Le père d'Eddie voulait voir comment il réglait les problèmes d'entretien. Il lui tendait un volant cassé en lui ordonnant : « Arrange-le. » Lui montrait du doigt une chaîne emmêlée en lui lançant : « Arrange-la. » Lui apportait un pare-chocs rouillé et du papier de verre en lui disant : « Arrange-moi ça. » Et à chaque fois que la tâche était accomplie, Eddie rapportait l'objet à son père en lui annonçant fièrement : « C'est arrangé ! »

Le soir, ils mangeait tous ensemble, sa mère, rondelette et en nage aux fourneaux la moitié du temps, et son frère Joe, intarissable, son frère dont les cheveux et la peau sentaient les embruns à présent. Car Joe était devenu bon nageur et travaillait l'été à la pis-cine de Ruby Pier. Il parlait de tous les gens qu'il y croisait, de leurs maillots de bain et de leur argent. Cela n'impressionnait pas le père d'Eddie ; ce dernier surprit d'ailleurs un jour une conversation entre ses parents, au sujet de Joe. « L'est bon à rien sauf à patauger dans l'eau, celui-là », disait son père.

Pourtant, Eddie enviait ce frère qui ren-trait si bronzé et si propre le soir, alors que ses ongles à lui étaient tachés de cambouis comme ceux de son père et qu'il les curait à table pour tenter d'en enlever la saleté. Il sur-prit à une occasion son père qui l'observait, et le vieil homme ricana.

« C'est signe que t'as eu une dure journée de travail », fit-il, et il lui montra ses doigts aux ongles sales eux aussi, avant de les refer-mer autour d'un verre de bière.

Eddie était déjà un adolescent robuste à l'époque, et il se contentait d'acquiescer d'un hochement de tête. À son insu, il avait amorcé avec son père le rituel du sémaphore, renonçant par là aux mots, à l'affection phy-sique. Tout devait se passer à l'intérieur. Il suffisait de le savoir. Refus délibéré de don-ner de l'affection. Le mal était fait.

Et puis, un soir, l'échange s'arrêta net. C'était après la guerre, après qu'Eddie eut quitté l'hôpital, qu'on lui eut enlevé son plâtre et qu'il fut revenu dans l'appartement familial sur Beachwood Avenue. Son père avait bu au pub voisin et il était rentré tard à la maison, trouvant Eddie endormi sur le divan. La guerre et ses durs combats avaient assombri et changé l'humeur de ce dernier qui passait ses journées à la maison et parlait rarement, même à Marguerite. Des heures durant il contemplait le carrousel par la fenêtre de la cuisine, tout en frottant son genou malade. Sa mère murmurait qu'« il lui faudrait du temps, c'est tout », mais plus les jours passaient et plus son père s'énervait. Il ne comprenait pas la dépression. Pour lui, il s'agissait plutôt de faiblesse.

« Lève-toi, hurla-t-il alors en bredouillant, et trouve-toi un boulot ! »

Eddie bougea. Son père hurla de nouveau :

« Lève-toi... et trouve-toi un boulot ! »

Le vieil homme vacillait mais il se dirigea vers Eddie, à qui il donna un coup.

« Lève-toi et trouve-toi un boulot ! Lève-toi et trouve-toi un boulot ! Lève-toi... et... TROUVE-TOI UN BOULOT ! »

Eddie se redressa.

« Lève-toi... et trouve-toi un boulot ! Lève-toi... et...

– Ça suffit ! » hurla Eddie, faisant tout à coup fi de l'élancement douloureux dans son genou pour se lever d'un bond.

Il regarda avec colère son père, qui n'était qu'à quelques centimètres de son visage, et sentit le mélange d'alcool et de cigarette de son haleine.

Le vieil homme jeta un coup d'œil rapide vers la jambe d'Eddie. Sa voix se mua en un grognement sourd.

« Tu vois ? Tu... n'es pas... si... blessé que ça. »

Il recula en titubant pour lui donner un autre coup, mais instinctivement Eddie bougea et arrêta le bras de son père en plein élan. D'étonnement, les yeux du vieil homme s'arrondirent. C'était la première fois qu'Eddie se défendait, la première fois qu'il faisait autre chose que subir une raclée qu'il ne méritait pas forcément. Son père contempla son propre poing serré qui avait raté son but et ses narines se dilatèrent, ses dents grincèrent, puis il chancela en arrière et dégagea brutalement son bras. Il fixa Eddie avec les yeux d'un homme qui regarde s'éloigner un train.

Ce jour-là signala la cassure complète du dialogue entre son fils et lui. Ce fut l'empreinte finale sur le verre d'Eddie. Le silence. Qui hanta le reste de leurs vies. Qu'Eddie circule dans l'appartement, qu'il décroche un emploi de chauffeur de taxi, qu'il se marie ou qu'il rende visite à sa mère, son père demeura silencieux. La mère d'Eddie supplia, pleura, implora son mari de changer d'avis, mais, à travers ses mâchoires serrées, celui-ci se contentait de lui répondre ce qu'il répondait à tous ceux qui effectuaient la même requête : « Ce garçon a levé la main sur moi. » Point final.

Tous les parents abîment leurs enfants. Cette vie familiale-ci fut faite de négligence, de violence, puis de silence. Et maintenant, en ce lieu par-delà la mort, Eddie s'effondrait contre un mur en acier inoxydable et tombait dans un talus de neige, à nouveau blessé par le refus d'un homme dont, aussi inexplicable que ce fût, il espérait toujours l'amour, un homme qui même au Ciel continuait de l'ignorer. Son père. Le mal était fait.

« **Ne vous fâchez pas**, dit une voix de femme, il ne vous entend pas. »

Eddie releva brusquement la tête et vit une vieille dame debout devant lui, pieds dans la neige. Son visage était décharné, ses joues affaissées, ses lèvres étaient fardées de rose et ses cheveux blancs, sévèrement tirés en arrière, étaient tellement clairsemés par endroits que l'on apercevait le crâne rose en dessous. Quant à ses petits yeux bleus, ils étaient cachés derrière des lunettes cerclées de métal.

Eddie ne se souvenait pas d'elle. Sa robe en soie et mousseline, son corsage à jabot cousu de perles blanches et agrémenté d'un nœud de velours ras du cou dataient d'une autre époque. Une boucle en strass ornait sa jupe, qui était fermée sur le côté par des boutons-pression et des crochets. Son maintien était élégant et ses deux mains étaient posées sur le pommeau d'une ombrelle. Eddie se dit qu'elle avait dû être riche.

« Pas toute ma vie », lui dit-elle en souriant, comme si elle avait suivi le cours de ses pensées. J'ai été élevée pratiquement comme vous, dans les bas-fonds de la ville, et forcée de quitter l'école à quatorze ans. J'ai travaillé. Mes sœurs aussi. On donnait toute notre paye à nos parents... »

Eddie l'interrompit. Il n'avait pas envie d'une énième histoire.

« Pourquoi mon père ne peut pas m'entendre ? » lui demanda-t-il.

Elle sourit.

« Parce que son esprit – sain et sauf – fait partie de *mon* éternité. Mais il n'est pas vraiment ici. Alors que vous, oui.

– Pourquoi mon père doit-il être sain et sauf pour *vous* ? »

Elle réfléchit.

« Venez », lui dit-elle alors.

**Ils se retrouvèrent** tout à coup en bas de la montagne. La lumière du petit restaurant n'était plus qu'un grain de poussière, on aurait dit une étoile tombée au fond d'une crevasse.

« C'est beau, non ? » lança la vieille dame.

Eddie suivit son regard. Ce visage lui disait quelque chose, peut-être l'avait-il vu en photo quelque part.

« Seriez-vous... ma troisième personne ?

– C'est à peu près ça. »

Eddie se gratta la tête. *Qui était cette femme ?* Au moins, avec l'Homme Bleu et le Capitaine, il avait quelques souvenirs de la place qu'ils avaient occupée dans sa vie. Mais pourquoi une inconnue ? Et pourquoi maintenant ? Eddie avait jadis espéré que la mort lui permettrait de retrouver ceux qui l'avaient précédé. Il avait assisté à tellement d'enterrements, pour lesquels il avait ciré ses chaussures noires, ressorti son chapeau puis fait le pied de grue dans un cimetière, chaque fois hanté par cette question désespérante : *Pourquoi sont-ils partis, et moi pas ?* Sa mère. Son frère. Ses oncles et tantes. Son copain Noël. Marguerite. « Un jour nous serons tous réunis au royaume des cieux », disait le prêtre.

Où étaient-ils alors, si ceci était bien le Ciel ? Eddie détailla cette drôle de vieille dame. Il se sentait plus seul que jamais.

« Je peux voir la terre ? » murmura-t-il.

Elle fit non de la tête.

« Je peux parler à Dieu ?

– En permanence. »

Il hésita avant de poser la question suivante.

« Je peux revenir en arrière ? »

Elle le regarda furtivement.

« En arrière ?

– Oui, en arrière. À ma vie. À mon dernier jour. Est-ce que je peux faire quelque chose ? Promettre d'être bon ? D'aller régulièrement à l'église ou autre ?

– Mais pourquoi donc ? » Elle semblait amusée.

« Pourquoi ? répéta Eddie. » De la main nue qui ne sentait aucune humidité, il donna un coup brutal dans la neige qui n'était de toute façon pas froide. « Pourquoi? Parce que cet endroit ne signifie rien pour moi! Parce que je ne me fais vraiment pas l'impression d'être devenu un ange, des fois que ça devrait être l'impression que j'ai. Parce que je n'ai pas non plus l'impression que tout soit très clair. Je n'arrive même pas à me rappeler ma mort. Impossible de me souvenir de l'accident. À part ces deux menottes – cette fillette que j'ai essayé de sauver, vous voyez? J'ai essayé de la sortir de là, j'ai dû saisir ses mains, et puis c'est là que je... »

Il frissonna.

« ... suis mort? compléta la vieille dame en souriant. Que je suis décédé? Que j'ai fait le grand saut? Que j'ai trépassé?

– Que je suis mort, répondit-il dans un souffle. Et c'est tout ce que je me rappelle. Ensuite il y a eu vous, les autres, tout ça. On pourrait pas avoir la paix quand on meurt?

– Vous l'aurez quand vous serez en paix avec vous-même, lui répondit la vieille dame.

– Nan, fit Eddie en secouant la tête. Nan, c'est pas ça. »

Il pensa lui raconter l'agitation quotidienne qu'il vivait depuis la guerre, les cauchemars, l'incapacité à s'enthousiasmer pour quoi que ce soit, et ces fois où il allait sur les quais tout seul et regardait le poisson ramené dans les grands filets, perturbé parce qu'il se retrouvait dans ces créatures impuissantes qui s'agitaient, piégées et incapables de fuir.

Il ne lui confia rien de cela et préféra plutôt dire :

« Je ne voudrais pas vous vexer, madame, mais je ne vous connais même pas.

— Moi si. »

Eddie soupira.

« Ah oui ? Et comment ça ?

— Eh bien, si vous avez un moment... »

**Elle s'assit**, bien qu'il n'y eût rien pour s'asseoir. Elle s'appuya simplement sur l'air et croisa les jambes d'une manière distinguée en se tenant bien droite. Sa longue jupe s'étalait en plis réguliers autour d'elle. Un souffle de vent passa et Eddie perçut la légère senteur d'un parfum.

« Comme je vous l'ai déjà dit, j'étais employée, autrefois. Serveuse au Seahorse Grill, près de l'océan où vous avez grandi. Peut-être vous en souvenez-vous ? »

D'un signe de tête elle désigna le petit restaurant et Eddie se rappela alors tout. Bien sûr qu'il s'en souvenait, c'est là qu'il prenait son petit déjeuner. Une gargote, ils appelaient ça, qui avait été démolie il y avait des années de cela.

« Vous ? dit Eddie presque en riant. Vous avez été serveuse au Seahorse Grill ?

— Eh oui, répondit-elle fièrement. Je servais leur café aux dockers et leurs œufs au bacon aux débardeurs.

« J'étais jolie fille à cette époque, et j'avais repoussé plus d'une proposition. Mes sœurs me gourmandaient. " Pour qui tu te prends, à faire ta difficile ? Tu ferais mieux de te trouver un homme avant qu'il ne soit trop tard. "

« Puis, un beau matin, le plus bel homme que j'aie jamais vu franchit la porte. Il portait un costume à rayures blanches et un chapeau melon. Ses cheveux noirs étaient bien coupés et un sourire permanent s'inscrivait sous sa moustache. Il inclina la tête quand je le servis, et je m'efforçai de ne pas le dévisager. Mais quand il parla avec son collègue, j'entendis son rire sonore et sûr de lui. À deux reprises, je le surpris qui regardait dans ma direction. Au moment de régler son addition, il me dit qu'il s'appelait Émile et demanda à me revoir. Je sus sur-le-champ que mes sœurs n'auraient plus à me harceler pour que je me décide.

« Émile me fit une cour enivrante, il en avait les moyens. Il m'emmena dans des endroits où je n'étais jamais allée, m'offrit des vêtements dont je n'avais jamais même rêvé, me fit goûter des mets jusque-là impensables, dans ma pauvre petite vie. Émile avait fait fortune très vite, en investissant dans les madriers et l'acier. C'était un dépensier, un preneur de risques ; quand il avait une idée, il fonçait. Je suppose que c'est ça aussi qui l'avait attiré vers une pauvre fille comme moi. Il détestait les gens nés dans l'opulence et préférait ce qui ne serait jamais venu à l'esprit des " gens raffinés ".

« Comme par exemple parcourir les villes côtières. Il adorait les attractions foraines qu'on y trouvait, la nourriture salée, relevée, les bohémiennes et les diseuses de bonne aventure, les bonimenteurs et tout le tralala. Et nous aimions tous deux la mer. Un jour, assis sur le sable et alors que la marée roulait doucement à nos pieds, il me demanda en mariage.

« Débordante de joie, je lui répondis oui et nous entendîmes des voix d'enfants jouant dans l'océan. Émile fonça à nouveau et jura que bientôt il construirait une fête foraine rien que pour moi, afin de capturer le bonheur de ce merveilleux instant et que nous puissions rester éternellement jeunes. »

La vieille dame sourit.

« Émile tint parole. Quelques années plus tard il passa un accord avec la Compagnie des Chemins de fer qui cherchait comment augmenter le nombre de voyageurs le week-end. C'est d'ailleurs ainsi que la plupart des fêtes foraines américaines ont été construites. »

Eddie hocha la tête. Il était au courant, contrairement à de nombreuses personnes qui les croyaient bâties par des elfes, en sucre d'orge. En fait, c'étaient simplement de bonnes affaires pour les compagnies des chemins de fer qui les avaient installées au terminus de leurs lignes, afin que les citadins aient une raison de se déplacer le week-end. *Vous savez où je travaille ?* disait souvent Eddie. *Au terminus de la voie de chemin de fer. Voilà où je travaille.*

« Émile, continua la vieille dame, construisit un endroit merveilleux, avec une jetée imposante pour laquelle il utilisa le bois et l'acier qu'il possédait déjà. Puis vinrent les attractions magiques, courses, manèges, promenades en bateau et petits trains. Il y avait un carrousel importé de France, et une grande roue provenant d'une exposition internationale en Allemagne. Ainsi que des tourelles, des clochetons et des milliers de lumières incandescentes, tellement brillantes que la fête était visible de nuit depuis le pont des navires au large.

« Émile embaucha des centaines de travailleurs, d'ouvriers municipaux, de forains et d'étrangers. Il amena des animaux, des acrobates, des clowns. La touche finale fut l'entrée, qui était vraiment grandiose. Au dire de tout le monde en tout cas. Quand ce fut fini, il m'y emmena, les yeux couverts d'un bandeau. Et quand il l'enleva, je découvris ce fabuleux endroit ! »

La vieille dame fit un pas en arrière. Elle regardait Eddie curieusement, comme si elle était déçue.

« L'entrée, dit-elle, vous ne vous rappelez pas ? Vous ne vous êtes jamais posé de questions sur le nom de l'endroit où vous avez travaillé, vous et votre père ? »

De ses doigts gantés de blanc, elle toucha discrètement sa poitrine. Puis elle s'inclina, comme si elle se présentait avec grande cérémonie.

« Ruby, c'est moi. »

# Aujourd'hui, c'est l'anniversaire d'Eddie

*Il a trente-trois ans. Il se réveille en sursaut, suffoquant. Son épaisse chevelure noire est collée par la sueur. Il cligne fortement des yeux afin de percer l'obscurité, essayant désespérément de se concentrer sur son bras, ses jointures, n'importe quoi afin de s'assurer qu'il est bien dans l'appartement au-dessus de la boulangerie et non là-bas, en pleine guerre, dans le village encerclé par les flammes. Ce rêve s'arrêtera-t-il jamais ?*

*Il va bientôt être 4 heures du matin. Inutile de se rendormir. Eddie attend que sa respiration se calme, puis il roule doucement hors du lit en essayant de ne pas réveiller sa femme. Par habitude c'est sa jambe droite qu'il pose d'abord par terre, afin d'écarter l'inévitable raideur de la gauche. Eddie entame chacune de ses matinées de la même manière, un pas suivi d'un boitillement.*

*Dans la salle de bains, il remarque ses yeux injectés de sang et asperge son visage d'eau. Il fait toujours ce même rêve : il est aux Philippines lors de sa dernière nuit là-bas et il erre au milieu des flammes. Les cabanes du village sont englou- ties par le feu et il entend un piaulement constant et aigu. Quelque chose d'invisible heurte sa jambe et il tape dessus mais la rate, puis il tape à nouveau, et la rate à nouveau. Les flammes s'intensifient, rugissant comme des moteurs, et Smitty apparaît, qui hurle après Eddie : « Viens ! Viens ! » Eddie essaie de parler, mais quand il ouvre la bouche c'est un cri perçant qui émerge de sa gorge.*

*Puis quelque chose agrippe sa jambe et l'entraîne sous la terre boueuse.*

*C'est à ce moment précis qu'il se réveille à chaque fois. En sueur. Pantelant. C'est toujours pareil. Le pire n'est pas le manque de sommeil, c'est l'atmosphère obscure dans laquelle le rêve l'enveloppe, une pellicule grise qui assombrit ensuite sa journée. Même ses meilleurs moments en sont recouverts, tout comme une épaisse couche de glace peut emprisonner des trous faits par des piquets. Il s'habille calmement et descend les escaliers. Son taxi attend au coin de la rue, à sa place habituelle, et Eddie enlève l'humidité sur le pare-brise. Il ne parle jamais de l'obscurité à Marguerite qui caresse ses cheveux en lui demandant : « Qu'est-ce qui ne va pas ? » Il pré-*

*fère lui répondre : « Rien, je suis juste crevé » et n'épilogue pas. Comment expliquer une pareille tristesse à Marguerite qui est censée le rendre heureux ? La vérité, c'est qu'il ne peut se l'expliquer lui-même. Tout ce qu'il sait c'est que quelque chose s'est mis en travers de son chemin, lui obstruant la route jusqu'à ce que, avec le temps, il abandonne, abandonne les études d'ingénierie mécanique ainsi que les projets de voyage. Après quoi sa vie s'est déroulée sans lui, qui s'était simplement contenté de s'asseoir dedans.*

*Ce soir-là, quand Eddie rentre du travail, il arrête son taxi au coin et monte lentement les escaliers. Il entend de la musique sortir de son appartement, une chanson familière.*

« Tu t'es débrouillé pour que je t'aime
Je ne voulais pas
Je ne voulais pas... »

*Il ouvre la porte et voit un gâteau sur la table, ainsi qu'un petit sachet blanc attaché par un ruban.*

*« Chéri ? C'est toi ? » lui crie Marguerite depuis la chambre.*

*Il ouvre le sachet blanc. Qui contient des friandises de la foire.*

*« Joyeux anniversaire... »*

167

*Marguerite apparaît, en chantant de sa douce voix.*

*Elle est splendide dans cette robe imprimée qui est la préférée d'Eddie, les cheveux bien coiffés et les lèvres maquillées. Eddie sent le besoin d'inspirer, comme s'il ne méritait pas un tel instant. Il lutte contre l'humeur sombre qui l'habite,*

*« Laisse-moi, lui dit-il. Laisse-moi apprécier ce moment comme il faut. »*

*Marguerite termine la chanson et l'embrasse sur les lèvres.*

*« On se bagarre pour les friandises ? » lui murmure-t-elle.*

*Il s'approche pour l'embrasser à nouveau. On frappe à la porte.*

*« Eddie ! Tu es là ? Eddie ? »*

*C'est M. Nathanson, le boulanger, qui habite l'appartement du rez-de-chaussée, derrière le magasin. Il a le téléphone. Quand Eddie ouvre la porte, son voisin est debout sur le seuil, en robe de chambre. Il paraît soucieux.*

*« Eddie, dit-il. Descends vite. Il y a un coup de fil pour toi. Je crois qu'il est arrivé quelque chose à ton père. »*

« **Ruby, c'est moi.** »

Soudain Eddie comprit tout, surtout pourquoi cette femme lui semblait familière. Il l'avait vue en photo effectivement, quelque part au fond de son atelier, parmi les vieux manuels et la paperasse des anciens propriétaires de la foire.

« L'ancienne entrée... », dit Eddie.

Elle acquiesça, tout heureuse. L'ancienne entrée de Ruby Pier avait été un événement marquant, une arche géante construite sur le modèle d'un monument français, avec des colonnes cannelées et un dôme cintré au sommet. Juste en dessous de ce dôme, sous lequel passaient tous les clients, était peint un beau visage de femme. Cette femme-ci. Ruby.

« Mais tout ça a été détruit il y a bien longtemps, dit Eddie. À cause d'un grand... »

Il s'arrêta.

« Incendie, compléta la vieille dame. Oui. Un incendie gigantesque. »

Son menton s'affaissa et il vit ses yeux se baisser derrière ses lunettes, comme si elle lisait quelque chose posé sur ses genoux.

« C'était le jour de la fête nationale. Émile adorait les jours fériés. " C'est bon pour les affaires ", disait-il. Si ce jour-là marchait bien, le reste de la saison avait de bonnes chances de marcher aussi. Aussi Émile commanda-t-il des feux d'artifice et fit-il venir une fanfare. Il embaucha même des extras, des hommes à tout faire pour l'essentiel, uniquement pour ce week-end-là.

« Mais la veille au soir il faisait très chaud, même après le coucher du soleil, et quelques-uns de ces hommes choisirent de dormir dehors, derrière les ateliers où ils allumèrent un feu dans un bidon métallique pour faire cuire leur nourriture.

« Au fur et à mesure que la nuit avançait, ils burent et festoyèrent. Puis ils firent main basse sur les plus petits des feux d'artifice, qu'ils entreprirent d'allumer. Le vent soufflait. Les étincelles volaient. En ce temps-là tout était construit en lattes recouvertes de goudron... »

Elle hocha la tête.

« Après quoi tout est allé très vite. Le feu a gagné l'allée centrale et les baraques à fritures, puis les cages des animaux. Les hommes à tout faire ont pris la fuite. Le temps qu'on vienne nous réveiller et Ruby Pier était la proie des flammes. De notre fenêtre nous avons vu l'horrible flamboiement orange. Puis nous avons entendu les sabots des chevaux et les carrioles des pompiers. Les rues grouillaient de monde.

« Je suppliai Émile de ne pas y aller, mais en vain. Évidemment qu'il irait ! Il voulut se rendre jusqu'à l'incendie déchaîné et essayer de sauver le fruit de toutes ces années de labeur. Là, de colère et de peur, il perdit la tête, et quand l'entrée prit feu, l'entrée qui arborait mon nom et mon portrait, tous ses repères l'abandonnèrent. Il était occupé à jeter des seaux d'eau quand une colonne s'effondra sur lui. »

Elle joignit les doigts comme pour une prière et les porta à ses lèvres.

« En l'espace d'une nuit nos vies basculèrent. Fonceur comme il l'était, Émile avait pris le minimum d'assurances. Il perdit sa fortune. Le cadeau merveilleux qu'il m'avait fait était parti en fumée.

« En désespoir de cause il vendit le terrain calciné à un homme d'affaires de Pennsylvanie pour une bouchée de pain. Cet homme conserva le nom de Ruby Pier et, avec le temps, rouvrit la foire. Mais ce n'était plus la nôtre.

« L'esprit d'Émile avait été aussi secoué que son corps. Il lui fallut trois ans pour pouvoir remarcher seul. Nous déménageâmes à l'extérieur de la ville, dans un petit appartement où nous vécûmes modestement, moi à soigner mon mari souffrant et à nourrir silencieusement un seul et unique souhait. »

Elle s'arrêta.

« Lequel ? demanda Eddie.

– Qu'il n'ait jamais construit Ruby Pier. »

**La vieille dame** demeura assise, et se tut. Eddie contemplait l'immensité de ce ciel de jade. Il pensait au nombre de fois où lui-même avait exprimé le même souhait, que la personne qui avait fait construire Ruby Pier ait investi son argent ailleurs.

« Je suis désolé pour votre mari », balbutia Eddie, qui ne savait pas trop quoi dire d'autre.

La vieille dame sourit.

« Merci, mon cher. Mais nous avons vécu bien longtemps encore après cet incendie.

Nous avons élevé trois enfants. Émile n'était pas en bonne santé, sans arrêt à l'hôpital. Il m'a laissée veuve à cinquante ans. Vous voyez ce visage, ces rides ? » Elle releva la tête. « Je les ai gagnées une à une. »

Eddie fronça les sourcils.

« Je ne comprends pas... Est-ce qu'on s'est... déjà rencontrés ? Vous êtes venue à la foire ?

— Non, je n'ai jamais souhaité la revoir. Mes enfants y sont allés, ainsi que leurs enfants et les enfants de leurs enfants. Mais moi pas. L'océan n'était vraiment plus l'idée que je me faisais du paradis ; j'ai préféré revenir dans ce petit restaurant où ma vie avait été si simple, à l'époque où Émile me faisait la cour. »

Eddie se frotta les tempes. Quand il respirait, il sortait de la vapeur.

« Alors, pourquoi *moi* je suis là ? demanda-t-il. Je veux dire, votre histoire, l'incendie, tout ça a eu lieu avant ma naissance !

— Les choses qui ont lieu avant notre naissance nous affectent quand même. Et les gens qui étaient là avant nous nous affectent également.

« Nous circulons tous les jours en des endroits qui n'auraient jamais existé sans ceux qui nous ont précédés. Là où nous travaillons, où nous passons tant de temps, nous pensons souvent que ces lieux sont nés avec notre arrivée, alors que c'est faux évidemment. »

Elle tapotait l'extrémité de ses doigts, une main contre l'autre.

« Sans Émile, je n'aurais pas eu de mari. Sans notre mariage, il n'y aurait pas eu de fête foraine. Et sans cette fête foraine, vous n'auriez pas fini par y travailler. »

Eddie se gratta la tête.

« Alors, vous êtes ici pour me parler de mon travail ?

— Mais non, mon cher, lui répondit Ruby d'une voix radoucie. Je suis ici pour vous expliquer la mort de votre père ! »

**C'était la mère d'Eddie** au bout du fil. Son père avait eu un malaise, cet après-midi, à l'extrémité est de la promenade, près de la Grande Fusée. Il avait une fièvre terrible.

« Eddie, j'ai peur », lui avait-elle dit, la voix brisée.

Elle lui parla d'un soir en début de semaine où son père était rentré au crépuscule, trempé jusqu'aux os, les vêtements pleins de sable. Il lui manquait une chaussure. Selon elle, il sentait les embruns. Eddie pariait qu'il devait sentir l'alcool aussi.

« Il toussait, lui expliqua sa mère. Puis ça a empiré. On aurait dû appeler un docteur immédiatement... » Elle passait d'un sujet à l'autre. « Il est allé travailler ce jour-là alors qu'il était malade, avec sa ceinture garnie d'outils, comme d'habitude, mais en rentrant il a refusé de manger ; une fois au lit, il a été pris d'une toux sèche et sifflante, et il a tellement sué qu'il a trempé son tricot de peau. Le lendemain, c'était encore pire. Et maintenant, cet après-midi, il a eu un malaise.

« Le docteur a dit que c'était une pneumonie. Oh, j'aurais dû faire quelque chose. J'aurais dû *faire* quelque chose...

– Qu'est-ce que tu aurais bien pu *faire* ? » lui demanda Eddie.

Il était furieux de l'entendre culpabiliser. C'était la faute de son ivrogne de père.

À l'autre bout de la ligne, il l'entendit pleurer.

**Le père d'Eddie** disait souvent qu'il avait passé tellement d'années au bord de l'océan que l'eau de mer, il l'avait carrément respirée. Maintenant, loin de ce même océan, confiné dans un lit d'hôpital, son corps commençait à se dessécher comme un poisson échoué. S'ajoutèrent des complications, dont une congestion pulmonaire. Son état passa de satisfaisant à stable, puis de stable à grave, et ses amis passèrent de « il sera chez lui demain » à « il sera chez lui dans une semaine ». Pendant l'arrêt maladie de son père, Eddie leur fila un coup de main, à la foire, travaillant le soir après ses courses comme taxi, graissant les rails, vérifiant les patins des freins, testant les leviers et réparant même les pièces cassées dans l'atelier.

Histoire que son père ne perde pas son travail. Pour le remercier de ses efforts, les propriétaires lui payèrent la moitié du salaire de ce dernier, argent qu'il donna à sa mère qui allait chaque jour à l'hôpital et y passait la plupart de ses nuits, tandis que Marguerite et lui s'occupaient du ménage et des courses.

Quand Eddie était jeune et qu'il se plaignait ou disait en avoir assez de la foire, son père le rembarrait. « Quoi ? C'est pas assez bon pour toi, peut-être ? » Plus tard, quand il avait suggéré à Eddie d'y prendre un emploi après le lycée, Eddie en avait presque ri et son père avait répété : « Quoi, c'est pas assez bon pour toi, peut-être ? » Avant qu'Eddie ne parte à la guerre, quand il avait parlé d'épouser Marguerite et de devenir ingénieur mécanicien, son père lui avait dit : « Et la foire, c'est pas assez bon pour toi, peut-être ? »

Et maintenant, le voilà qui effectuait pourtant dans Ruby Pier exactement le même travail que son père !

Sur l'insistance de sa mère, Eddie finit par lui rendre visite à l'hôpital, un soir. Il entra dans la chambre à pas feutrés. Son père, qui, des années durant, avait refusé de lui parler, n'en avait plus la force à présent. Il souleva ses paupières lourdes et regarda son fils. Après avoir péniblement cherché une phrase à dire, Eddie fit la seule chose qui lui vînt à l'esprit : il tendit les mains et montra à son père ses doigts aux extrémités souillées de cambouis.

« Te crève pas, mon gars, lui avaient dit les autres préposés à l'entretien. Ton vieux s'en tirera. C'est un fameux gaillard ! »

**Il est rare que les parents** lâchent leurs enfants, du coup ce sont leurs enfants qui les lâchent. Ils avancent. Ils s'éloignent. Les moments qui leur servaient de repères – l'approbation d'une mère, d'un père – sont remplacés par leurs propres réussites. Ce n'est que beaucoup plus tard, quand la peau pendouille et que le cœur s'affaiblit, que les enfants comprennent; que leurs histoires et toutes leurs réussites s'ajoutent à celles de leurs parents, pierre après pierre, dans les eaux de la vie.

Quand il apprit que son père était mort – qu'« il était parti », avait dit une infirmière, comme s'il était sorti chercher du lait –, Eddie éprouva une colère des plus vaines, de celles qui vous font tourner en rond, comme enfermé en cage. Ainsi que beaucoup de fils d'ouvriers, Eddie avait imaginé pour son père une mort héroïque qui compenserait une vie des plus ordinaires. Or il n'y avait rien d'héroïque à sombrer dans un semi-coma éthylique sur une plage.

Le lendemain il se rendit chez ses parents, entra dans leur chambre et ouvrit tous les tiroirs comme pour y chercher un morceau de la vie de son père. Il farfouilla parmi pièces de monnaie, épingle à cravate, petite bouteille de calvados, élastiques, factures d'électricité, stylos, sans oublier un briquet décoré d'une sirène. Pour finir il trouva un paquet de cartes, qu'il glissa dans sa poche.

**L'enterrement fut** simple et bref. Au cours des semaines suivantes, la mère d'Eddie vécut dans une sorte d'hébétude. Elle parlait à son mari comme s'il était toujours là. Elle lui hurlait de fermer la radio. Elle cuisinait pour deux. Elle tapotait les oreillers des deux côtés du lit alors qu'elle n'avait dormi que d'un seul.

Un soir, Eddie la vit empiler des assiettes sur le plan de travail.

« Je vais t'aider, lui dit-il.

– Non, non, ton père les rangera », lui répondit-elle.

Eddie posa la main sur son épaule.

« M'man, papa est parti, lui fit-il doucement remarquer.

– Où ça ? »

Le lendemain, Eddie alla voir son patron au dispatching des taxis et lui annonça qu'il arrêtait. Deux semaines plus tard, Marguerite et lui emménageaient dans l'immeuble où Eddie avait grandi, sur Beachwood Avenue – l'appartement 6 B où le couloir était étroit et la fenêtre de la cuisine donnait sur le carrousel et sur la foire ; Eddie y avait accepté un emploi lui permettant de garder un œil sur sa mère, un emploi pour lequel il s'était entraîné été après été : préposé à l'entretien sur Ruby Pier. Que ce soit à sa femme, à sa mère, ou à quiconque, Eddie ne l'avoua jamais, mais il maudissait son père d'être mort et de l'avoir piégé dans cette vie même à laquelle il avait tenté d'échapper; une vie qui, et il entendait encore son père qui devait en rire dans sa tombe, une vie qui était apparemment bien assez bonne pour lui à présent.

# Aujourd'hui, c'est l'anniversaire d'Eddie

*Il a trente-sept ans. Son petit déjeuner refroi-
dit.*

*« Tu vois du sel ? » demande Eddie à Noël.*

*Noël, qui mastiquait une bouchée de saucisse,
glisse le long de la banquette, se penche en travers d'une autre table, et saisit une salière.*

*« Tiens, grogne-t-il. Joyeux anniversaire. »*

*Eddie la secoue vivement.*

*« C'est vraiment dur de mettre le sel sur la
table ?*

*– Tu te prends pour le patron ou quoi ? » lui
lance Noël.*

*Eddie hausse les épaules. La matinée est déjà
chaude et lourde d'humidité. C'est leur rituel
du samedi, ce petit déjeuner, avant que le
parc ne devienne intenable. Noël travaille
dans une blanchisserie. Eddie l'a aidé à obtenir
le contrat d'entretien des uniformes de Ruby
Pier.*

« *Tu penses quoi de ce beau gosse ? lui demande Noël. (Il a un exemplaire du magazine* **Life** *ouvert à la photo d'un jeune candidat politique.) Comment est-ce que ce gars peut se présenter à la présidence ? C'est un gamin ! »*

*Eddie hausse les épaules.*

« *Il a notre âge, tu sais.*

*— Tu plaisantes ? fait Noël. (Il relève un sourcil.) Je croyais qu'il fallait être plus vieux que ça, pour postuler à la présidence.*

*— On a l'âge d'être vieux »*, *grommelle Eddie.*

*Noël referme la revue. Il baisse la voix.*

« *Hé ! Tu sais ce qui est arrivé à Brighton ? »*

*Eddie hoche la tête. Il sirote son café. Il en a entendu parler, oui. Un parc d'attractions. Un tour, dans une nacelle. Quelque chose s'est cassé. Et une mère et son fils ont fait une chute mortelle d'une vingtaine de mètres.*

« *Tu y connais quelqu'un ? »* *lui demande Noël.*

*Eddie se passe la langue entre les dents. De temps à autre il entend parler d'histoires de ce genre, un accident dans une foire quelque part, et il frissonne comme si une guêpe venait de frôler son oreille. Il n'est pas un jour où il ne craigne que cela n'arrive ici, à Ruby Pier, sous sa responsabilité.*

« *Non, non, répond-il. J'y connais personne. »*

*Il regarde fixement par la fenêtre un groupe d'estivants émergeant de la gare, chargés de ser-*

viettes, parasols et paniers d'osier contenant les sandwiches d'usage. Certains ont même apporté des chaises pliables en aluminium poids plume dernier cri.

Un vieil homme coiffé d'un panama passe en fumant un cigare.

« Zyeute-moi un peu ce gars, dit Eddie. Je te parie qu'il va balancer son cigare sur les planches de la promenade.

– Ouais ? fait Noël. Et alors ?

– Et alors ça tombe dans les fentes, puis ça se met à brûler. Et on le sent. À cause du produit chimique sur le bois. Ça fume tout de suite. Hier j'ai attrapé un gamin, qui ne devait pas avoir plus de quatre ans, sur le point de se fourrer un mégot de cigare dans la bouche. »

Noël fait une grimace.

« Et alors ? »

Eddie se détourne.

« Et alors rien du tout. Les gens devraient faire plus attention, c'est tout. »

Noël enfourne un gros morceau de saucisse.

« T'es incroyable. T'es toujours aussi marrant pour ton anniversaire ? »

Eddie ne répond pas. L'ancienne humeur sombre s'est installée à ses côtés. Il en a pris l'habitude maintenant, et il lui fait une place comme l'on en ferait une à un voyageur dans un autobus bondé.

*Il pense à son programme de travail de la journée. Un miroir cassé dans le Palais du rire. De nouveaux pare-chocs pour les autos tamponneuses. De la colle, se rappelle-t-il, il faut commander de la colle. Il pense à ces pauvres gens à Brighton. Il se demande qui est le responsable là-bas.*

*« À quelle heure tu finis aujourd'hui ? » lui demande Noël.*

*Eddie souffle :*

*« Va y avoir du boulot. Un samedi d'été. Tu vois le topo. »*

*Noël relève un sourcil.*

*« On peut être au champ de courses vers 6 heures. »*

*Eddie pense à Marguerite. Il pense toujours à Marguerite quand Noël mentionne les courses de chevaux.*

*« Allez. C'est ton anniversaire », insiste Noël.*

*De sa fourchette Eddie attaque son œuf qui est maintenant trop froid pour en valoir la peine.*

*« D'accord », répond-il.*

# La troisième leçon

« C'était si dur que ça, la foire ? lui demanda la vieille dame.

– J'avais pas choisi d'y travailler, lui répondit Eddie en soupirant. Ma mère ne pouvait vraiment pas rester seule, alors les choses se sont enchaînées. Puis les années ont passé. Et je suis jamais parti. J'ai vécu là toute ma vie. J'ai jamais vraiment gagné d'argent. Vous savez ce que c'est, on s'habitue à quelque chose, les gens comptent sur vous, et puis un jour on se réveille et on sait plus trop si on est mardi ou jeudi. On fait toujours ce même truc ennuyeux, on est devenu " le monsieur des manèges " comme ...

– Votre père ? »

Eddie ne répondit pas.

« Il vous en a fait voir », dit la vieille dame.

Eddie baissa les yeux.

« Ouais. Et alors ?

– Peut-être que vous lui en avez fait voir, vous aussi ?

– Ça m'étonnerait. Vous savez quand il m'a parlé pour la dernière fois ?

– La fois où il a essayé de vous frapper. » Eddie lui lança un regard vif.

« Et c'était quoi, ses dernières paroles ?

– "Trouve-toi un boulot." Un bon père, hein ? »

La vieille dame esquissa une moue.

« Après ça, vous vous êtes tout de même mis au travail. Et vous avez retrouvé votre énergie, vous vous êtes ressaisi... »

Eddie sentit monter un grondement de colère.

« Écoutez, coupa-t-il sèchement, vous ne le connaissiez pas.

– C'est vrai. » Elle se leva. « Mais je sais quelque chose que vous ignorez. Et il est temps que vous ne l'ignoriez plus. »

**De la pointe de son ombrelle,** Ruby lui montra le cercle qu'elle avait tracé dans la neige. Quand Eddie regarda à l'intérieur, il crut que ses yeux allaient sortir de leurs orbites en descendant tout seuls dans un trou, vers une autre époque. Les images se précisèrent. Il se retrouva des années en arrière, dans l'ancien appartement dont il était maintenant en mesure de voir à la fois la façade et l'arrière, le dessus et le dessous.

Et voici ce qu'il vit :

Il vit sa mère, soucieuse, assise à la table de la cuisine en face d'un Mickey Shea à l'air absolument lamentable. Il était trempé et n'arrêtait pas de se frotter la tête puis le nez. Il se mit à sangloter. La mère d'Eddie lui apporta un verre d'eau. Elle lui fit signe de rester là et se dirigea vers la chambre, dont elle ferma la porte. Elle enleva ses chaussures et sa blouse, qu'elle troqua contre un chemisier et une jupe.

Eddie voyait toutes les pièces mais ne pouvait entendre leur conversation, qui se résumait à un brouillage. Il vit Mickey, dans la cuisine, dédaigner le verre d'eau et tirer plutôt de sa veste une flasque dont il but une grande rasade. Après quoi il se leva lentement et tituba jusqu'à la chambre, dont il ouvrit la porte.

Eddie vit sa mère à demi vêtue se retourner, surprise. Mickey chancelait. Elle enfila une robe de chambre à la hâte. Mickey s'approcha. La main de sa mère jaillit instinctivement pour l'écarter. Mickey s'immobilisa un bref instant, puis il empoigna cette main et ensuite la mère d'Eddie, qu'il plaqua alors contre le mur en la prenant par la taille. Elle se tordit de douleur, essaya de se dégager puis hurla et repoussa Mickey tout en tenant sa robe de chambre fermée. Il était plus grand et plus fort qu'elle et enfonça son visage dont la barbe frotta ses joues, barbouillant son cou de larmes.

C'est alors que la porte d'entrée s'ouvrit et que le père d'Eddie, trempé par la pluie, se figea sur le seuil, un marteau à la ceinture. Il se précipita dans la chambre et, voyant Mickey qui avait agrippé sa femme, hurla en levant son marteau. Mickey mit ses mains sur la tête et fonça vers la porte, poussant le père d'Eddie sur le côté. La mère d'Eddie pleurait, sa poitrine haletait, son visage était inondé de larmes. Son mari la prit par les épaules et la secoua violemment. Sa robe de chambre glissa. Ils hurlaient tous les deux. Puis le père d'Eddie quitta l'appartement, brisant au passage une lampe d'un coup de marteau. Il descendit lourdement les marches et s'enfuit dans la nuit pluvieuse.

« **C'était quoi?** hurla Eddie, incrédule. Mais c'était quoi, ça? »

La vieille dame ne répondit pas. Elle s'écarta du cercle dessiné dans la neige et en dessina un autre. Eddie essayait de ne pas baisser les yeux mais il ne put s'en empêcher. Et voilà qu'il tomba à nouveau, comme s'il n'était plus qu'un regard focalisé sur une scène.

Et voici ce qu'il vit :

Il vit une tempête à l'extrémité de Ruby Pier – le « point nord », l'appelait-on, un môle étroit qui s'enfonçait très loin dans l'océan. Le ciel était d'un noir bleuâtre. La pluie tombait en nappes et Mickey Shea avançait en vacillant vers l'extrémité du môle en question. Il s'écroula, pantelant, et resta étendu là un moment, le visage tourné vers le ciel noir ; après quoi, il roula sur le côté, sous le parapet de bois, et tomba à la mer.

Le père d'Eddie apparut quelques instants plus tard, avançant puis reculant, le marteau toujours à la main. Il empoigna la barrière et fouilla les eaux du regard. Le vent poussait la pluie à l'oblique. Ses vêtements étaient trempés et le cuir de sa ceinture d'outils était presque noir d'humidité. Il vit quelque chose au beau milieu des vagues, se figea, enleva la ceinture, balança une chaussure, essaya de défaire l'autre, abandonna, s'accroupit pour passer sous le parapet et sauta, pour finir par barboter maladroitement dans l'océan démonté.

Mickey rebondissait, constamment emporté par des rouleaux, à demi inconscient, une écume liquide et jaune à la bouche. Le père d'Eddie nagea jusqu'à lui en hurlant, en dépit du vent. Il saisit Mickey, qui lui balança un coup de poing. Le père d'Eddie le lui rendit. Les grondements de tonnerre déchiraient le ciel, tandis que la pluie s'abattait sur eux. Ils s'empoignèrent et se débattirent au beau milieu des remous.

Mickey toussa fort quand le père d'Eddie lui saisit le bras et le lui coinça par-dessus l'épaule. Il sombra, remonta, puis s'arc-bouta de tout son poids contre le corps de Mickey, qu'il tenta de ramener ainsi vers le rivage. Il donna un coup de pied et ils avancèrent. Une vague les balaya ensuite vers l'arrière. Puis vers l'avant. L'océan palpitait et s'écrasait, mais le père d'Eddie demeurait coincé sous les aisselles de Mickey, pédalant et clignant des yeux comme un fou pour mieux y voir.

Surfant sur la crête d'une vague, ils réussirent soudainement à s'approcher du rivage. Mickey grognait et haletait. Le père d'Eddie recracha de l'eau de mer. Ça semblait ne jamais devoir cesser, cette pluie sautillante, cette écume blanche heurtant leurs visages, ces deux hommes qui criaient en agitant les bras. Finalement, un puissant rouleau les souleva et les déposa violemment sur le sable ; le père d'Eddie se libéra du poids de Mickey et put alors glisser ses mains sous les aisselles de ce dernier afin d'empêcher qu'une grosse vague ne l'emporte. Une fois qu'elle se fut retirée, il eut un dernier sursaut d'énergie pour pousser Mickey vers l'avant d'un coup sec ; puis il s'effondra sur le rivage tandis que sa bouche ouverte se remplissait de sable humide.

**Le regard d'Eddie revint** dans son corps. Il se sentait épuisé, vidé, comme s'il s'était lui-même trouvé au beau milieu de cet océan déchaîné. Sa tête était lourde. De tout ce qu'il pensait savoir de son père, il ne savait plus rien.

« Mais il *faisait* quoi ? murmura Eddie.

– Il sauvait un ami. »

Eddie lui jeta un regard noir.

« Drôle d'ami ! Sachant ce que ce poivrot avait fait, moi je l'aurais laissé se noyer !

– Ton père s'était dit la même chose. Il avait poursuivi Mickey pour le frapper, peut-être même pour le tuer. Mais en fin de compte, il a changé d'avis. Il connaissait Mickey et ses défauts. Il savait qu'il buvait ; et qu'il n'avait pas toujours tout son bon sens.

« Bien des années auparavant, pourtant, quand ton père cherchait du travail, c'est Mickey qui était allé voir le propriétaire de la foire et l'avait recommandé. Et quand tu es né, c'est Mickey qui a prêté à tes parents le peu d'argent qu'il avait pour aider à nourrir cette bouche supplémentaire. Ton père accordait beaucoup d'importance aux vieilles amitiés...

– Attendez un peu, interrompit Eddie. Vous avez tout de même vu ce que ce salaud a fait à ma mère !

– Oui, acquiesça la vieille dame tristement. Et c'était tout à fait répréhensible. Mais il faut savoir aller au-delà des premières impressions

« Mickey avait été mis à la porte, cet après-midi-là. Il s'était endormi et était trop saoul pour se réveiller ; du coup, il n'avait pas pris son poste à l'heure et ses employeurs lui avaient signifié son congé. Il a encaissé la nouvelle comme il les encaissait toutes, en buvant encore plus, et il était joliment imbibé de whisky quand il est arrivé chez ta mère en implorant de l'aide. Il voulait retrouver son emploi. Ton père travaillait tard. Alors ta mère lui a promis de l'emmener auprès de ce dernier.

« Mickey était peut-être rustre, mais il n'était pas mauvais. À ce moment-là il était perdu, à la dérive, et ce qu'il a fait à ta mère signait surtout sa solitude et son désespoir. Il a agi sur une impulsion. Une regrettable impulsion, c'est évident. Mais ton père a agi sur une impulsion aussi, et alors que son premier geste était de tuer, pour finir il a décidé de sauver la vie d'un homme. »

Elle croisa les mains sur le pommeau de son ombrelle.

« Voilà comment ton père a pris mal, naturellement. Il est resté sur la plage pendant des heures, trempé et épuisé, avant de trouver la force de se traîner chez lui. Il n'était plus tout jeune. Il avait déjà la cinquantaine.

— Cinquante-six ans, précisa Eddie, impassible.

— Cinquante-six ans, oui. Son organisme était affaibli, l'océan l'a rendu vulnérable, la pneumonie l'a assailli, et au bout du compte il en est mort.

— À cause de Mickey ? demanda Eddie.

— À cause de sa loyauté.

— On ne meurt pas par loyauté.

— Vraiment ? fit-elle en souriant. Par amour de Dieu alors ? Ou patriotisme ? Ne sommes-nous pas loyaux envers ces choses-là, parfois jusqu'à la mort ? »

Eddie haussa les épaules.

« Mieux vaut encore être loyaux les uns envers les autres », ajouta-t-elle.

**Après quoi**, ils demeurèrent tous deux longtemps dans cette vallée enneigée de montagne. Cela finit par sembler drôlement long à Eddie, en tout cas, Eddie qui n'était plus très sûr de la durée des choses.

« Qu'est-ce qui est arrivé à Mickey Shea ? demanda-t-il.

— Il est mort tout seul dans son coin quelques années plus tard. La boisson l'a mené à sa tombe. Il ne s'est jamais pardonné ce qui était arrivé.

— Mais mon pater, dit Eddie en se frottant le front, il n'en a jamais rien dit.

— Il n'a plus jamais reparlé de cette nuit, ni à ta mère ni à personne. Il avait honte pour elle, pour Mickey, pour lui-même. Une fois à l'hôpital, il a définitivement cessé de parler. Le silence fut sa seule échappatoire, mais cela constitue rarement un refuge ; de toute façon, ses pensées continuaient de le hanter.

« Une nuit, sa respiration s'est ralentie, ses yeux se sont fermés et il a été impossible de le réveiller. Selon les médecins, il avait sombré dans le coma. »

Eddie se souvenait bien de cette nuit-là. Un autre coup de fil à M. Nathanson. Et un autre coup frappé à sa porte.

« À partir de là, votre mère est restée à son chevet. Nuit et jour. Et elle murmurait tout doucement, comme dans une prière : " J'aurais dû faire quelque chose. J'aurais dû faire quelque chose... "

« Une nuit, sur l'insistance du médecin, elle a fini par retourner dormir à la maison. Le lendemain, au petit matin, une infirmière découvrait votre père, la moitié du corps affaissée sur le rebord de la fenêtre.

– Attendez, dit Eddie, qui plissa les yeux. De la fenêtre ? »

Ruby hocha la tête.

« Au beau milieu de la nuit, votre père s'est réveillé. Il s'est levé, il a traversé la pièce en vacillant et il a trouvé la force de soulever la fenêtre à guillotine. Il a appelé votre mère par son prénom avec le peu de voix qui lui restait, vous aussi il vous a appelé, ainsi que votre frère Joe. Et il a appelé Mickey. À ce moment-là, semble-t-il, son cœur s'était vidé de toute la culpabilité et de tout le remords qui y couvaient. Peut-être sentait-il sa fin proche. Peut-être savait-il simplement que vous étiez tous là-bas quelque part dans ces rues, sous sa fenêtre. Il s'est penché par-dessus le rebord. La nuit était fraîche. Le vent et l'humidité ont eu raison de lui, vu son état. Au petit matin, il était mort.

« Les infirmières qui l'ont découvert l'ont tiré jusqu'à son lit. Comme elles craignaient que ça ne leur coûte leur emploi, elles n'en ont soufflé mot à personne. On l'a donc déclaré mort dans son sommeil. »

Eddie retomba, assommé. Il revoyait cette dernière image. Son père, ce vieux cheval de trait, essayant de ramper pour sortir par la fenêtre. Où allait-il ? Que pensait-il ? Face à autant de questions sans réponse, qu'est-ce qui était pire : une vie, ou une mort ?

« **Comment vous savez** tout ça ? » demanda alors Eddie à Ruby.

Elle soupira.

« Ton père n'avait pas les moyens de s'offrir une chambre individuelle. Pas plus que l'homme de l'autre côté du rideau de la chambre qu'ils partageaient. »

Elle s'arrêta.

« Émile, mon mari. »

Eddie leva les yeux. Sa tête partit en arrière comme s'il venait juste de résoudre une devi-nette.

« Alors vous avez *vu* mon père ?

196

– Oui.

– Et ma mère ?

– Je l'ai entendue gémir, toutes ces nuits où elle était seule à son chevet.

« Nous ne nous sommes jamais parlé. Mais après la mort de ton père je me suis renseignée sur ta famille. Et quand j'ai appris où ton père avait travaillé, j'ai ressenti une peine cruelle, comme si j'avais moi aussi perdu quelqu'un de cher. La foire qui portait mon nom... Je continuais de sentir son ombre maudite, et je me suis de nouveau prise à souhaiter qu'elle n'ait jamais été construite.

« Ce souhait m'a poursuivie jusqu'au Ciel, d'ailleurs, pendant que je vous attendais. »

Eddie eut l'air perplexe.

« Le restaurant ? » Elle montra la tache lumineuse dans les montagnes. « Il est là parce que je voulais revenir à mes jeunes années, à une vie simple mais rassurante. Et je voulais que tous ceux qui avaient souffert sur Ruby Pier – qu'il s'agisse d'accident, d'incendie, de bagarre, de glissade ou bien de chute –, je voulais que tous ces gens soient sains et saufs à présent. Je voulais qu'ils soient tous comme j'aurais aimé voir mon Émile : bien au chaud et bien nourris, dans le giron d'un lieu accueillant et à des lieues de la mer. »

Ruby se leva et Eddie l'imita. Il ne pouvait s'empêcher de penser à la mort de son père.

« Je le détestais », marmonna-t-il.

La vieille dame hocha la tête.

« Il était toujours après moi quand j'étais gamin. Et ça s'est pas vraiment arrangé avec les années. »

Ruby fit un pas dans sa direction.

« Edward, lui dit-elle doucement. » C'était la première fois qu'elle l'appelait par son prénom. « Laissez-moi vous dire ceci. Ruminer sa colère est un poison qui vous dévore de l'intérieur. On pense que la haine est une arme dirigée contre la personne qui nous a fait du mal. Mais elle est à double tranchant. Et le mal que nous croyons faire, c'est surtout à nous-mêmes que nous le faisons. »

« Pardonnez, Edward, pardonnez. Vous rappelez-vous la légèreté éprouvée quand vous êtes arrivé au Ciel ? »

Eddie s'en souvenait, oui. *Où est ma douleur ?*

« C'est parce que personne ne vient au monde la colère au ventre. D'ailleurs, quand nous mourons, l'âme en est libérée. Mais ici et maintenant, afin d'avancer, vous devez comprendre les raisons de votre ressenti, et aussi pourquoi cette colère est devenue inutile. »

Elle lui toucha la main.

« Il faut pardonner à votre père. »

**Eddie pensait aux** années qui avaient suivi les funérailles de ce dernier. Comment il avait échoué sur tous les plans et n'était allé nulle part. Durant toute cette période Eddie avait imaginé une certaine vie – une vie de possibles – et qui aurait été possible, justement, s'il n'y avait eu la mort de son père et l'effondrement consécutif de sa mère. Au fil des années il avait idéalisé cette vie imaginaire et tenu son père pour responsable de toutes ses insatisfactions, qu'il s'agisse de sa liberté perdue ou de son espoir et de ses ambitions professionnelles avortés. Il n'avait jamais visé plus haut que le métier sale et lassant que son père lui avait légué.

« Quand il est mort, dit Eddie, c'était comme s'il avait emporté avec lui une partie de moi-même. Après ça j'étais bel et bien coincé. »

Ruby secoua la tête.

« Ce n'est pas sa disparition qui explique pourquoi vous n'avez jamais quitté Ruby Pier. »

Eddie leva les yeux.

« Et c'est quoi, alors ? »

Elle tapota sa jupe, ajusta ses lunettes et entreprit de s'éloigner.

« Il vous reste encore deux personnes à rencontrer », répondit-elle.

Eddie essaya de lancer « Attendez ! » mais un vent froid arracha pratiquement la voix de sa gorge ; après quoi, ce fut le noir complet.

**Ruby partie,** il se retrouvait de nouveau au sommet de la montagne, debout dans la neige devant le restaurant.

Il resta là longtemps, dans le silence, jusqu'à ce qu'il lui faille bien admettre que la vieille dame ne reviendrait pas. Alors il se tourna vers la porte, qu'il ouvrit doucement. Il entendit cliqueter les couverts et s'empiler des assiettes. Il huma des mets fraîchement préparés, des pains, des viandes, des sauces. Les esprits de ceux qui avaient péri à Ruby Pier étaient tous là, occupés à manger, à boire et à bavarder entre eux.

Eddie avança d'un pas hésitant, étant donné ce qu'il était venu faire. Il se dirigea vers la droite, vers la banquette dans l'angle, vers le fantôme de son père fumant un cigare. Un frisson le parcourut. Il pensa au vieil homme penché à la fenêtre de cet hôpital et mort tout seul en pleine nuit.

« Papa ? » murmura Eddie.

Son père ne pouvait l'entendre. Eddie se rapprocha.

« Papa, je sais ce qui s'est passé, maintenant. »

Il sentit sa poitrine se serrer. Il tomba à genoux tout près de la banquette. Son père était si proche qu'Eddie voyait ses favoris et le bout déchiqueté de son cigare. Il vit aussi les poches sous ses yeux las, le nez aquilin, les jointures osseuses et les épaules carrées du travailleur qu'il avait été. Il regarda ses propres bras et s'aperçut que, dans son enveloppe terrestre, il était à présent plus vieux que son père ne l'avait été. Il lui avait survécu dans tous les domaines.

« J'étais en colère contre toi, papa. Je te haïssais. »

Eddie sentit les larmes lui monter aux yeux et sa poitrine se secouer, comme si les mots coulaient hors de lui.

« Tu m'as battu. Tu m'as rejeté. Je ne comprenais pas. Je ne comprends toujours pas, d'ailleurs. Pourquoi tu as fait ça ? Pourquoi ? » Il respirait profondément et péniblement. « Je ne savais pas, OK ? Je ne connaissais pas ta vie, ni ce qui s'était passé. Je ne *te* connaissais pas. Mais tu es mon père. Plus de griefs maintenant, d'accord? D'accord? Plus de griefs? »

Sa voix chevrota puis elle se fit forte et implorante, ce n'était plus du tout la sienne.

« OK? TU M'ENTENDS? cria-t-il. » Puis, plus doucement : « Tu m'entends, papa? »

Il s'appuya, plus près, et vit les mains sales de son père. Les derniers mots familiers, il les murmura.

« Tout est oublié. »

Eddie martela la table puis s'effondra à terre. Quand il leva les yeux, il aperçut alors Ruby, jeune et belle, qui inclina la tête, ouvrit la porte et s'envola dans un ciel de jade.

# Jeudi 11 heures

Qui allait payer pour l'enterrement d'Eddie ? Il n'avait pas de famille et n'avait laissé aucune directive. Son corps resta à la morgue, avec ses vêtements et ses effets personnels, sa chemisette, ses chaussettes et ses chaussures, sa casquette de toile, son alliance, ses cigarettes et ses cure-pipes, dans l'attente d'une réclamation.

En fin de compte c'est M. Bullock, le propriétaire de la foire, qui paya grâce à l'argent pris sur le chèque mensuel d'un Eddie qui, de toute évidence, n'allait plus l'encaisser maintenant. Le cercueil était une simple boîte en bois et l'église fut choisie en fonction de sa proximité avec la foire, étant donné que la plupart de l'assistance devait retourner y travailler ensuite.

Quelques minutes avant le service, le pasteur pria Dominguez, en veste sport bleu marine et jean noir du dimanche, de passer le voir.

« Pourriez-vous me signaler deux ou trois particularités du défunt ? lui demanda le pasteur. J'ai cru comprendre que vous travailliez avec lui. »

Dominguez déglutit. Il n'était pas tellement à l'aise avec les gens d'Église. Il croisa les mains et prit un air posé, comme s'il réfléchissait au problème ; puis il s'exprima aussi doucement qu'il pensait devoir le faire dans semblable situation.

« Eddie adorait sa femme », finit-il par dire.

Il décroisa les mains et ajouta rapidement :

« Mais je l'ai jamais rencontrée. »

# La quatrième personne
# qu'Eddie rencontre au Ciel

**Eddie cligna des yeux et se retrouva** dans une petite pièce circulaire. Les montagnes avaient disparu, ainsi que le ciel de jade. Sa tête frôla de justesse un plafond bas, en plâtre. La pièce était marron – une tapisserie simple comme du papier kraft – et vide, à l'exception d'un tabouret en bois et d'un miroir ovale au mur.

Eddie avança jusqu'au miroir en question, qui ne réfléchissait rien. Il vit simplement l'envers de la pièce, qui s'agrandit tout à coup jusqu'à comprendre une rangée de portes. Eddie se retourna.

Puis il toussa.

Le son le fit sursauter, comme s'il avait été émis par quelqu'un d'autre. Il toussa à nouveau, un toussotement qui roulait comme s'il fallait remettre de l'ordre dans sa poitrine.

*Quand* cela *avait-il commencé ?* pensa Eddie. Il tâta sa peau qui avait vieilli depuis sa rencontre avec Ruby. Elle lui paraissait plus fine maintenant, et plus sèche. Ses abdos, qui, lorsqu'il était en compagnie du Capitaine, étaient drôlement durs, étaient devenus mous à présent, un affaissement sûrement dû à l'âge.

*Vous avez encore deux personnes à rencontrer,* lui avait dit Ruby. Et ensuite, quoi ? Il sentait une douleur sourde dans les lombaires. Sa jambe malade était devenue plus raide. Il comprit que ce qui se passait là avait lieu à chaque nouvelle étape céleste. Il était tout bonnement en train de se décomposer.

**Il s'approcha de l'une** des portes et la poussa. Il se retrouva tout à coup à l'extérieur, dans la cour d'une maison inconnue et dans un pays qu'il ne reconnaissait pas, en plein milieu de ce qui semblait être une noce. Sur la pelouse verdoyante circulaient de nombreux invités, chacun une assiette en argent à la main. À une extrémité, une treille en cerceau couverte de fleurs rouges et de branches de bouleau, tandis qu'à l'autre extrémité, à côté d'Eddie, se trouvait la porte qu'il venait de franchir. Au centre du groupe, la jeune et belle mariée enlevait une épingle de ses cheveux blonds comme les blés, tandis que le marié efflanqué, en jaquette de cérémonie noire, abaissait vers elle une épée dont le pommeau était surmonté d'une alliance, alliance qu'elle cueillit sous les hourras des invités. Eddie entendait leurs voix, mais leur langue lui était étrangère. De l'allemand ? Du suédois ?

Il toussa à nouveau. Le groupe regarda dans sa direction. Tout le monde paraissait souriant, ce qui ne manqua pas de l'effrayer. C'est à reculons qu'il franchit rapidement la porte par laquelle il était entré, s'imaginant revenir ainsi dans la pièce circulaire. Au lieu de quoi il se retrouva au beau milieu d'une autre noce, dans une grande salle où les gens avaient l'air espagnols et où la mariée avait piqué des fleurs d'oranger dans sa chevelure. Elle passait en dansant d'un partenaire à l'autre, et chaque invité lui tendait une petite bourse pleine de piécettes.

Eddie toussa encore – il ne pouvait s'en empêcher – et, quand plusieurs des invités levèrent les yeux vers lui, il franchit la porte à reculons, pour se retrouver une nouvelle fois au beau milieu d'une autre noce, une ambiance africaine selon lui, une noce où les familles versaient du vin par terre et où les couples sautaient par-dessus un balai en se tenant la main. Un autre passage par la porte l'emmena au cœur d'une noce chinoise, où l'on allumait des pétards à l'intention d'invités enthousiastes, et un autre vers une énième noce – française peut-être – où les mariés buvaient conjointement dans une coupe à deux anses.

*Combien de temps ceci va-t-il durer?* se demanda Eddie. Pour chacune de ces réceptions, impossible de savoir comment les gens étaient arrivés là, pas trace de voitures, d'autobus, de calèches ou de chevaux. Le départ ne semblait pas être un souci non plus. Les invités tournoyaient en cercle et Eddie fut vite intégré, on lui souriait mais sans jamais lui parler, comme dans les quelques mariages auxquels il avait assisté de son vivant, d'ailleurs. Ce qui n'était pas forcément pour lui déplaire. Selon lui, les mariages comportaient trop de moments gênants où l'on demandait à des couples de danser, ou encore d'aider à soulever la mariée assise sur une chaise. Dans ces moments-là, sa jambe malade paraissait rougeoyer, et il avait l'impression que même à l'autre bout de la pièce les gens s'en apercevaient.

C'est du reste pourquoi il avait évité la plupart des occasions de ce genre. Et quand il s'y rendait, il restait souvent sur le parking à fumer une cigarette, histoire de tuer le temps. De toute façon, pendant une longue période il n'eut à assister à aucun mariage. Ce fut seulement durant les dernières années de sa vie, quand certains des ouvriers de la foire prirent femme au sortir de l'adolescence, qu'il lui arriva d'aller rechercher dans son armoire le costume passé et d'enfiler la chemise à col dur qui serrait son cou trapu. Les os de ses jambes jadis brisés étaient déformés par des pointes de calcification, et l'arthrite avait déjà envahi son genou. D'office, sa méchante claudication le dispensait donc de participer à la danse ou d'aider à allumer les bougies. Aux yeux de tous, Eddie était un « vieil homme » seul, sans attaches, et personne n'attendait de lui grand-chose de plus qu'un sourire quand le photographe s'approchait de la table.

Alors qu'ici, en vêtement de travail, le voici qui se déplaçait à présent d'une noce à l'autre, d'une réception à l'autre, d'une langue à l'autre, d'un gâteau à l'autre, d'un style de musique à l'autre ! L'uniformité ne le surprenait pas. Il s'était souvent dit que d'un pays à l'autre tous les mariages devaient bien se ressembler. Ce qu'il ne comprenait pas en revanche, c'était quel rapport cela avait avec *lui*.

Il franchit une nouvelle porte et se retrouva dans ce qui rappelait un village italien, au beau milieu de vignobles en pente, de fermes en pierre, d'hommes aux épais cheveux noirs gominés et de femmes aux yeux de braise et aux traits anguleux. Eddie trouva à s'appuyer contre un mur et regarda les mariés scier une bûche à l'aide d'une scie à deux poignées. Il y avait de la musique – des flûtistes, des violonistes, des guitaristes – et les invités se lancèrent dans une tarentelle endiablée et tourbillonnante. Eddie recula de quelques pas et ses yeux s'égarèrent en bordure de la foule.

Une demoiselle d'honneur en longue robe couleur lavande et chapeau de paille brodé se déplaçait parmi les invités, avec à la main un panier de dragées. De loin elle paraissait avoir dans les vingt ans.

« *Per l'amaro e il dolce ?* disait-elle en offrant ses dragées. *Per l'amaro e il dolce ?... Per l'amaro e il dolce ?* »

Au seul son de sa voix, tout le corps d'Eddie frémit. Il se mit à suer. Une partie de lui aurait aimé courir, l'autre l'obligeait à rester sur place. La jeune fille s'approcha de lui. Sous le bord du chapeau bordé de fleurs artificielles, ses yeux croisèrent les siens.

« *Per l'amaro e il dolce?* lui demanda-t-elle en souriant et en tendant les dragées. *Pour l'amer et le doux?* »

En retombant, ses cheveux noirs cachèrent la moitié de son visage et le cœur d'Eddie faillit éclater. Il fallut un moment à ses lèvres pour s'entrouvrir, et un autre moment pour que s'élève le son logé au fond de sa gorge ; puis ses lèvres finirent par se rapprocher pour former la première lettre du seul prénom qui lui eût jamais produit cet effet-là. Il tomba à genoux.

« Marguerite..., murmura-t-il.

– Pour l'amer et le doux », lui répondit-elle.

# Aujourd'hui, c'est l'anniversaire d'Eddie

*Eddie et son frère sont assis dans l'atelier.*

*« Ça, c'est le tout dernier modèle », lui lance fièrement Joe, une perceuse à la main.*

*Joe porte une veste sport à carreaux et des chaussures bicolores. Eddie trouve que son frère a l'air drôlement chic, et chic est vite synonyme d'artificiel ; mais Joe est maintenant vendeur en quincaillerie tandis qu'Eddie, lui, porte ce même uniforme depuis des années, alors qu'est-ce qu'il y connaît ?*

*« Oui, monsieur, dit Joe, écoute bien. Elle fonctionne sur pile. »*

*Eddie tient la pile en question entre ses doigts, une petite chose du nom de cadmium nickel. Dur à croire.*

*« Mets-la un peu en route », dit Joe en lui faisant passer la perceuse.*

*Eddie presse sur le bouton. Explosion de bruit.*

*« Chouette, non ? » hurle Joe.*

*Aujourd'hui, c'est l'anniversaire d'Eddie*

Ce même matin, Joe avait communiqué à Eddie le montant de son nouveau salaire. Trois fois plus que celui d'Eddie. Puis Joe avait félicité Eddie pour sa promotion : préposé à l'entretien à Ruby Pier, l'ancien poste de son père ! Eddie avait eu envie de lui rétorquer : « Si c'est si formidable que ça, pourquoi tu le prends pas, et moi je prends ton boulot ? » Mais il n'en avait rien fait. Eddie avouait rarement ses sentiments profonds.

« Hou ! hou ! Y a quelqu'un ? »

Marguerite est sur le pas de la porte, un rouleau de tickets orange à la main. Les yeux d'Eddie se dirigent comme toujours vers son visage, sa peau mate et ses yeux sombres. Elle a pris un travail aux caisses cet été, et elle a donc endossé l'uniforme officiel de Ruby Pier : chemisette blanche, gilet rouge sans manches, pantalon d'équitation noir, béret rouge et écusson sous l'encolure avec son nom. À sa vue Eddie est en colère, surtout devant son as de frère.

« Montre-lui un peu la perceuse, dit Joe. (Il se tourne vers Marguerite.) Elle fonctionne sur pile. »

Eddie presse. Marguerite se couvre les oreilles.

« C'est plus fort que tes ronflements, dit-elle.

— Ouah-ah ! hurle Joe en riant. Ouah-ah ! Là elle t'a eu ! »

Eddie baisse les yeux d'un air penaud, puis voit sa femme sourire.

213

« *Tu peux sortir ?* » *lui demande-t-elle.*

*Eddie agite la perceuse.*

« *Je travaille.*

– *Juste une petite minute, OK ?* »

*Eddie se redresse lentement puis la suit dehors. Le soleil le frappe au visage.*

« BON ANNI-VER-SAIRE, MONSIEUR EDDIE ! *s'écrie en chœur un groupe d'enfants.*

– *Eh bien* », *fait Eddie.*

*Marguerite crie :*

« *OK, les enfants, vous pouvez mettre les bougies sur le gâteau, maintenant !* »

*Et les voici qui se précipitent vers un gâteau nappé d'un glaçage vanillé et installé sur une table pliante tout près. Marguerite se penche vers Eddie et murmure :*

« *Je leur ai promis que tu soufflerais les trente-huit bougies d'un seul coup.* »

*Eddie grogne. Il observe sa femme qui place les enfants. Et comme chaque fois qu'il observe Marguerite en leur compagnie, il est ravi de voir quelle facilité de contact elle a avec eux ; puis il songe à la stérilité de sa femme, et il est abattu. Un docteur l'avait décrétée trop nerveuse, un autre trop âgée, elle aurait dû s'y mettre vers vingt-cinq ans. Avec le temps ils avaient fini par être à court d'argent pour consulter, telle était la triste réalité. Depuis environ un an Marguerite parlait d'adoption. Elle était allée à la biblio-thèque et en avait rapporté des formulaires. Eddie lui avait fait remarquer qu'ils étaient trop vieux et elle avait rétorqué : « C'est quoi, trop vieux, pour un enfant ? »*

*Eddie lui avait répondu qu'il y réfléchirait.*

*« Allez ! s'écrie-t-elle à côté du gâteau. Vas-y, monsieur Eddie ! Souffle-les toutes. Oh, attends, attends... »*

*Elle farfouille alors dans un sac et en retire un appareil photo, un machin compliqué avec des trucs, des bidules et un flash tout rond.*

*« Charlene me l'a prêté. C'est un polaroïd. »*

*Marguerite cadre l'image, Eddie au-dessus du gâteau, les enfants se pressant autour de lui, en admiration devant les trente-huit petites flammes. Un gamin pousse Eddie du coude et lui dit :*

*« Vous les soufflez toutes d'un seul coup, hein ? »*

*Eddie baisse les yeux. Le glaçage est fichu maintenant, tout plein qu'il est d'innombrables petites empreintes de mains.*

*« D'accord », répond Eddie, mais il regarde sa femme.*

**Eddie fixait** la jeune Marguerite.

« Ça ne peut pas être toi », lui dit-il.

Elle abaissa sa corbeille de dragées et sourit tristement. La tarentelle continuait de tourner tandis que le soleil pâlissait derrière un ruban de nuages blancs.

« Ça ne peut pas être toi », répéta Eddie.

Les danseurs hurlaient « Hourra ! » et frappaient sur des tambourins.

Elle lui tendit la main. Eddie s'en empara rapidement, instinctivement, comme s'il saisissait un objet en train de tomber. Leurs doigts s'unirent et il n'avait jamais éprouvé pareille sensation, comme si une chair douce et chaude se formait sur sa propre chair, le démangeant presque. Elle s'agenouilla à côté de lui.

« Ça ne peut pas être toi, répéta-t-il.

— Mais *si*, c'est moi », murmura-t-elle.

*Hourra !*

« Ça ne peut pas être toi, ça ne peut pas être toi, ça ne peut pas être toi », marmonna Eddie tout en laissant tomber sa tête sur son épaule et en se mettant à pleurer pour la première fois depuis qu'il était mort.

**Leur propre mariage** avait été célébré la veille de Noël, au second étage d'un restaurant chinois à l'éclairage tamisé, Sammy Hong's. Le propriétaire, Sammy, avait accepté de le leur louer ce soir-là en se disant qu'il aurait très peu d'autres clients de toute façon. Avec l'argent de l'armée, Eddie paya la réception – poulet rôti, légumes chinois et porto – plus un accordéoniste. À court de chaises pour le repas, les serveurs demandèrent aux invités de se lever dès la cérémonie terminée, afin de pouvoir prendre leurs sièges et les installer autour des tables. L'accordéoniste s'assit sur un tabouret. Bien des années plus tard, Marguerite disait en plaisantant que la seule chose qui ait manqué à leur mariage c'étaient « les cartons de loto ».

Quand le repas fut achevé et que l'on eut distribué quelques modestes cadeaux, on porta un dernier toast puis l'accordéoniste remballa son instrument. Eddie et Marguerite sortirent par la porte d'entrée. Il pleuvait légèrement, une petite pluie froide, mais les mariés rentrèrent à pied chez eux, qui n'était jamais qu'à quelques rues de là. Marguerite avait passé un épais pull-over rose sur sa robe de mariée. Eddie portait une veste blanche et sa chemise qui lui pinçait le cou. Ils se tenaient la main pour avancer à travers les flaques de lumière des réverbères. Autour d'eux, tout paraissait réglé au quart de tour.

**Les gens disent** qu'ils « trouvent » l'amour, comme s'il s'agissait d'un objet caché sous une pierre. Mais l'amour prend des formes multiples et ce n'est jamais le même pour tout le monde. Ce que les gens trouvent alors est une *certaine* forme d'amour. Et Eddie en trouva une auprès de Marguerite, un amour profond et calme, empli de gratitude, un amour qu'il savait par-dessus tout irremplaçable. Une fois Marguerite partie, il avait laissé s'écouler des journées devenues rassises et avait mis son cœur en berne.

Et maintenant la revoilà, aussi jeune que lors de leur mariage !

« Suis-moi », lui lança-t-elle.

Eddie essaya de se lever, mais son genou malade ne suivait pas. Elle le souleva sans effort.

« Toujours ta fichue jambe », dit-elle en observant l'ancienne trace de la cicatrice avec une tendre familiarité.

Puis elle leva les yeux et toucha les touffes de cheveux au-dessus de ses oreilles.

« C'est blanc », fit-elle en souriant.

Incapable de remuer la langue, Eddie devait se contenter de la dévisager. Elle était exactement telle que dans sa mémoire, plus belle même, car les derniers souvenirs qu'il gardait d'elle étaient ceux d'une femme plus âgée, et souffrante. Il demeura silencieusement à ses côtés jusqu'à ce que ses yeux sombres se rétrécissent et que ses lèvres se plissent de manière mutine.

« Eddie. » Elle gloussait presque. « Tu as donc si vite oublié à quoi je ressemblais ? »

Eddie déglutit.

« Certainement pas. »

Elle lui toucha doucement le visage et une chaleur inonda son corps. D'un geste elle désigna le village et les invités qui dansaient.

« Que de noces, dit-elle, tout heureuse. C'était mon choix, cet univers de mariages, un derrière chaque porte ! Oh, Eddie, à chaque fois que le marié soulève le voile et que la mariée accepte l'alliance, tous ces possibles que l'on voit dans leurs yeux, c'est la même émotion aux quatre coins du monde! Ils croient tous sincèrement que leur amour et leur mariage vont battre des records. »

Elle sourit.

« Tu crois que ça a été notre cas? »

Eddie ne savait que répondre.

« Nous, on avait un accordéoniste. »

**Ils quittèrent la réception** à pied en remontant une allée gravillonnée. La musique diminua pour ne plus être qu'un bruit de fond. Eddie voulait lui raconter tout ce qu'il avait vu, vécu. Il voulait aussi la questionner sur tout, du plus grand événement au plus petit détail. Il sentait en lui un bouillonnement, ainsi que les à-coups de l'anxiété. Il ne savait par où commencer.

« Tu as fait pareil, toi aussi? finit-il par lui demander. Tu as rencontré cinq personnes différentes? »

Elle hocha la tête.

« Mais pas les mêmes que toi.

– Et ils t'ont tout expliqué? Ça a changé quelque chose? »

Elle sourit.

« Oui, tout. »

Elle lui toucha le menton.

« Et après, je t'ai attendu. »

Il examina ses yeux, son sourire. Et il se demanda si son attente avait été semblable à la sienne.

« Qu'est-ce que tu sais de plus... sur mon compte ? Je veux dire, qu'est-ce que tu sais de plus depuis... »

Il avait encore du mal à le dire.

« Depuis que tu es morte. »

Elle ôta le chapeau de paille et écarta de son front les épaisses boucles juvéniles.

« Eh bien, je sais maintenant tout ce qui s'est passé quand nous étions ensemble... »

Elle fit la moue.

« Et maintenant, je sais *pourquoi* ça a eu lieu. »

Elle posa la main sur sa poitrine.

« Je sais aussi... que tu m'aimais de tout ton cœur. »

Elle s'empara alors de son autre main. Il sentit cette même chaleur qui le faisait fondre.

« J'ignore comment *tu* es mort », lui dit-elle.

Eddie réfléchit un instant.

« Je ne sais pas très bien moi-même. Il y avait une fillette, une toute petite fille, qui s'était aventurée sur cette attraction et qui avait du chagrin... »

Le regard de Marguerite s'agrandit. Elle avait l'air si jeune. Raconter sa mort à sa femme était, pour Eddie, plus dur que prévu.

« Ils ont des attractions, tu vois, de nouvelles attractions, rien à voir avec celles d'autrefois, tout le monde doit aller à cent à l'heure aujourd'hui. Donc, il y avait cette attraction où des nacelles tombent, puis un jet d'air comprimé est supposé les arrêter et ensuite elles descendent doucement ; sauf que, là, un truc a sectionné le câble et la nacelle s'est détachée d'un coup sec, je comprends pas encore comment, puis elle est tombée parce que je leur ai dit de la laisser tomber ; c'est-à-dire, je l'ai dit à Dom... c'est le gamin qui travaille avec moi maintenant, c'était pas sa faute – je lui ai dit et puis j'ai essayé de l'arrêter, mais il pouvait pas m'entendre, cette fillette était assise juste là et alors j'ai essayé de l'attraper. J'ai essayé de la sauver. J'ai senti ses petites mains, et puis... »

Il s'arrêta. Marguerite inclina la tête, l'encourageant à continuer. Il expira profondément.

« C'est la première fois que je parle autant depuis mon arrivée ici », dit-il.

Elle hocha la tête, eut un doux sourire, et à sa vue les yeux d'Eddie se mouillèrent; puis une vague de tristesse le submergea et brutalement, tout de go, rien de tout cela n'avait plus d'importance, que ce soit sa mort, la foire, ou la foule à qui il avait hurlé : « Reculez-vous ! » Pourquoi en parlait-il, d'ailleurs ? Il faisait quoi ? Était-il vraiment avec *elle* ? Comme une peine enfouie qui remonte pour envahir le cœur, son âme était la proie d'émotions anciennes; ses lèvres se mirent à trembler et il fut emporté dans le courant de tout ce qu'il avait perdu. Il regardait sa femme, sa femme morte, sa jeune femme, sa femme disparue, son unique femme, et en même temps il n'en avait plus envie.

« Mon Dieu, Marguerite, murmura-t-il. Je regrette tant, je regrette tant. C'est si difficile à dire. Si difficile à dire. Si difficile à dire. »

Il laissa tomber sa tête entre ses mains et il le dit quand même, il dit ce que tout le monde disait dans ces cas-là :

« Tu m'as tellement manqué. »

# Aujourd'hui, c'est l'anniversaire d'Eddie

*Les habitués de l'été ont envahi le champ de courses. Les femmes portent des chapeaux en paille et les hommes fument le cigare. Eddie et Noël quittent le travail de bonne heure pour aller jouer l'âge d'Eddie, trente-neuf ans, dans le couplé quotidien. Ils sont assis sur des pliants, avec à leurs pieds des gobelets de bière posés sur un tapis de billets froissés.*

*Un peu plus tôt Eddie a gagné la première course de la journée. Puis il a misé la moitié de ses gains sur la deuxième course et gagné celle-là aussi, c'est la première fois qu'une chose pareille lui arrive et le total de ses gains se monte à 209 dollars à présent. Après avoir perdu deux fois sur des paris de moindre envergure, il mise tout sur un cheval pressenti pour gagner dans la sixième course. Il était tombé d'accord là-dessus avec Noël vu que, puisqu'il était arrivé avec presque rien, où était*

le mal à rentrer chez lui sans rien non plus ?
Logique, non ?

« Pense un peu si tu gagnes, tu auras tout ce
pognon pour le gamin », lui dit Noël.

La cloche tinte. Les chevaux sont partis. Ils se
regroupent sur la ligne droite au loin puis leurs
casaques de soie bariolée se font plus floues en
raison de leur mouvement cahotant. Eddie a
parié sur le numéro 8, Jersey Finch, qui n'est
pas un mauvais pari à quatre contre un, mais ce
que Noël vient de lui lancer sur « le gamin »
– celui qu'Eddie et Marguerite comptent adop-
ter – le fait rougir de honte. Pourquoi fait-il des
choses pareilles alors qu'ils ont besoin de cet
argent ?

La foule se lève. Les chevaux entament la dernière ligne droite. Jersey Finch se déporte vers
l'extérieur et allonge son galop. Les encourage-
ments se mêlent au tonnerre des sabots. Noël crie
à tue-tête. Eddie serre son billet. Il est bigrement
nerveux. Il a la chair de poule. Un cheval se
détache du groupe.

Jersey Finch !

Eddie a maintenant gagné près de 800 dollars.

« Faut que j'appelle Marguerite, dit-il.

– Tu vas tout ficher par terre.

– Qu'est-ce que tu racontes ?

– D'en parler, ça fait fuir la chance.

– *T'es jojo.*

– *Le fais pas.*

– *Je vais lui téléphoner. Ça lui fera plaisir.*

– *Ça m'étonnerait.* »

*Eddie se dirige en boitant vers une cabine et glisse une pièce. Marguerite répond, Eddie lui annonce la nouvelle. Noël a raison. Elle n'est pas contente. Elle lui dit de rentrer à la maison. Il lui dit d'arrêter de lui donner des ordres.*

« *On attend un enfant, gronde-t-elle. Tu ne peux pas continuer à te comporter comme ça.* »

*Eddie raccroche, le sang lui monte aux oreilles. Il s'avance vers Noël qui mange des cacahuètes près de la clôture.*

« *Qu'est-ce que je t'avais dit* », lui lance ce dernier.

*Ils se rendent au guichet et choisissent un autre cheval. Eddie sort l'argent de sa poche. Une partie de lui-même n'en a plus envie, tandis que l'autre partie en a deux fois plus envie afin de pouvoir balancer ces gains sur le lit quand il rentrera chez lui en disant à sa femme :* « *Voilà, achète-toi ce que tu veux, OK ?* »

*Noël le regarde pousser les billets par l'ouverture. Il lève les sourcils.*

« *Je sais, je sais* », fait Eddie.

*Ce qu'il ne sait pas, pourtant, c'est que Marguerite, dans l'impossibilité de le rappeler, a* décidé de filer jusqu'au champ de courses en voiture pour le récupérer. Comme c'est son anniversaire, elle éprouve du remords d'avoir crié et elle veut s'excuser ; elle veut aussi qu'il arrête les frais. Suite à de précédentes virées, elle sait que Noël insistera pour qu'ils restent jusqu'à la fermeture, il est comme ça. Et puisque le champ de courses n'est qu'à une dizaine de minutes de chez eux, elle attrape son sac, monte dans leur Nash Rambler d'occasion et file sur Ocean Parkway. Elle tourne à droite dans Lester Street. Le soleil a disparu, le ciel s'est embrasé. L'essentiel de la circulation est dans l'autre sens. Elle approche de la passerelle piétonnière de Lester Street, qui permettait auparavant aux turfistes d'atteindre le champ de courses en montant les escaliers puis en les redescendant de l'autre côté de la rue ; jusqu'à ce que les propriétaires de l'hippodrome offrent des feux de signalisation à la ville, ce qui retira à la passerelle une bonne partie de son utilité.

Cela étant, elle en avait une ce soir-là puisqu'elle servait de refuge à deux adolescents en cavale, poursuivis quelques heures auparavant pour avoir volé cinq cartons de cigarettes et trois bouteilles de whisky chez un liquoriste. L'alcool et les cigarettes à présent terminés, ces deux jeunes ne savent plus quoi faire de leur soi-

*rée et balancent leurs bouteilles vides par-dessus le rebord de la rambarde rouillée.*

*« Tu paries ? demande l'un.*

*— Vas-y »*, *répond l'autre.*

*Le premier laisse tomber la bouteille et tous deux plongent derrière la rambarde métallique pour regarder. La bouteille manque une voiture de justesse et vole en éclats sur le trottoir.*

*« Woouaw ! hurle le second. T'as vu !*

*— À toi de lâcher la tienne, trouillard. »*

*Le second se lève, brandit sa bouteille et choisit la voie de droite, à la circulation moins dense. Il fait tournoyer sa bouteille et essaie de programmer la chute entre deux véhicules, comme si c'était une forme d'art en soi et qu'il soit une espèce d'artiste.*

*Ses doigts se relâchent. Il sourit presque.*

*Quinze mètres plus bas, Marguerite ne pense pas le moins du monde à regarder vers le haut, ni qu'il puisse s'y tramer quoi que ce soit ; tout ce à quoi elle pense, c'est à tirer Eddie de ce champ de courses tant qu'il lui reste un peu d'argent. Alors qu'elle se demande dans quelle partie des tribunes le chercher, voilà que la bouteille de whisky fait voler son pare-brise en une pluie d'éclats de verre. Sa voiture se déporte vers le mur de séparation en béton. Son corps est ballotté comme une poupée de chiffon, lancé à toute volée contre la porte, le tableau de bord puis le volant, qui lui perforent le foie, lui brisent un bras et heurtent sa tête avec une telle violence qu'elle n'entend plus les bruits nocturnes, n'entend pas les voitures freiner, ni les klaxons. Elle n'entend pas davantage les tennis à semelles de caoutchouc qui descendent en courant la passerelle de Lester Street pour se perdre dans la nuit.*

**L'amour, comme la pluie,** se nourrit par en haut, inondant les couples d'une joie diffuse. Mais parfois, sous la chaleur coléreuse de la vie, l'amour sèche en surface et doit se nourrir par en dessous, plongeant alors dans ses racines afin de rester vivant.

L'accident sur Lester Street envoya Marguerite à l'hôpital pour près de six mois. Son foie abîmé finit par guérir, mais les frais occasionnés, ainsi que le retard pris, leur coûtèrent l'adoption puisque l'enfant qu'ils attendaient fut dirigé vers un autre couple. Inconsciemment, la culpabilisation continua son œuvre et devint cette ombre ondulant entre les époux. Longtemps Marguerite resta silencieuse, tandis qu'Eddie s'oubliait dans le travail. L'ombre s'installa à leur table et ils mangeaient en sa présence, dans le cliquetis solitaire des couverts s'entrechoquant contre les assiettes. Quand ils parlaient, c'était de choses sans importance. L'eau de leur amour dormait en dessous des racines. Eddie ne paria jamais plus aux courses. Ses sorties avec Noël s'espacèrent graduellement, chacun étant incapable de discuter tranquillement autour d'un petit déjeuner, si ce n'est au prix d'un grand effort.

Un parc d'attractions en Californie utilisa pour la première fois des rails en acier tubulaire pouvant se courber à des angles jusque-là impossibles à réaliser, et les montagnes russes qui avaient sombré dans l'oubli revinrent brutalement à la mode. M. Bullock, le propriétaire de Ruby Pier, avait commandé ces mêmes rails pour sa foire et Eddie en supervisa l'installation. Il aboyait après les monteurs, dont il vérifiait le moindre geste, sans aucune confiance dans un engin aussi rapide. Des angles à 60 degrés? Il était sûr que quelqu'un finirait par se blesser. En attendant, ça le distrayait.

Le Poussières d'étoiles fut démoli. Ainsi que la Chenille. Et le Tunnel des amours, que les gamins jugeaient trop ringard maintenant. Quelques années plus tard, l'on construisit une nouvelle attraction aquatique baptisée Indiana Jones et, au grand étonnement d'Eddie, elle remporta un vif succès. Les passagers naviguaient de bac empli d'eau en bac empli d'eau, pour tomber en bout de course dans un immense bassin avec force éclaboussures. Eddie avait du mal à comprendre pourquoi les gens aimaient tellement se mouiller là alors que l'océan était à cent mètres. Mais il n'en effectuait pas moins l'entretien, travaillant pieds nus dans l'eau pour s'assurer que les bateaux ne se décrochent jamais des rails.

Avec le temps, les époux recommencèrent à se parler, et une nuit Eddie refit même allusion à l'adoption. Marguerite se frotta le front et lança : « On est trop vieux maintenant. »

Eddie répondit : « C'est quoi, trop vieux, pour un enfant ? »

Les années passèrent et ils n'en eurent pas ; leurs blessures cicatrisèrent lentement, et leur compagnonnage grandit jusqu'à remplir la place que cet enfant aurait dû prendre. Le matin, Marguerite préparait à Eddie son pain grillé et son café, lui la conduisait ensuite à la blanchisserie où elle travaillait, puis il revenait vers Ruby Pier. L'après-midi, il arrivait parfois à Marguerite de sortir plus tôt et de l'accompagner alors le long de la promenade et dans sa tournée, montant sur les chevaux de bois du carrousel ou dans les coquilles de palourdes jaunes tandis qu'Eddie lui expliquait les rotors et les câbles, tout en tendant l'oreille pour surveiller le ronronnement des moteurs.

Par un soir de juillet, alors qu'ils longeaient l'océan en savourant des sorbets au raisin et que leurs pieds nus s'enfonçaient dans le sable, ils jetèrent un regard autour d'eux et se rendirent compte qu'ils étaient devenus les plus âgés de la plage !

Marguerite fit une remarque sur les bikinis des jeunes filles, qu'elle n'aurait jamais l'audace de porter. Eddie rétorqua que ces jeunes filles ignoraient leur bonheur, parce que, si elle en avait enfilé un, les hommes n'auraient plus eu d'yeux que pour elle ! Et même si à cette époque-là Marguerite avait dans les quarante-cinq ans, les hanches épaissies et les yeux marqués de ridules, elle remercia chaleureusement Eddie puis regarda son nez tordu et sa large mâchoire. Les eaux de leur amour se déversèrent à nouveau d'en haut et les inondèrent, aussi certainement que la mer à leurs pieds.

**Trois ans plus tard,** voici Marguerite occupée à paner des escalopes de poulet dans la cuisine de leur appartement, conservé après la mort de la mère d'Eddie parce que Marguerite aimait voir le carrousel de son enfance par la fenêtre. Tout à coup, sans crier gare, les doigts de sa main droite s'ouvrirent, de manière incontrôlable. Ils se courbèrent vers l'arrière et refusèrent de se refermer. L'escalope lui échappa et tomba dans l'évier. Marguerite sentit dans son bras des élancements. Sa respiration s'accéléra. Un instant elle regarda, étonnée, cette main aux doigts bloqués qui paraissait appartenir à quelqu'un d'autre, quelqu'un qui agripperait un gros bocal invisible.

Puis tout se mit à tourner.

« Eddie ? » appela-t-elle, mais, le temps qu'il arrive, elle s'était évanouie sur le plancher.


**On diagnostiqua** une tumeur au cerveau et son déclin menaça de ressembler à tant d'autres, avec des traitements donnant l'impression d'adoucir la maladie, des cheveux tombant par plaques, des matinées passées à subir les rayons de machines bruyantes, et des soirées à vomir dans les toilettes de l'hôpital.

Vers la fin, quand il fut clair que le cancer avait gagné la partie, les médecins se contentèrent de lui dire : « Reposez-vous. Ne vous en faites pas. » Quand elle posait des questions, ils acquiesçaient avec compassion, comme si leurs hochements de tête étaient un autre remède distribué au compte-gouttes. Elle comprit que cette façon d'être gentils alors qu'ils étaient impuissants faisait partie du protocole ; et quand l'un d'eux suggéra de « mettre ses affaires en ordre », elle demanda à quitter l'hôpital. Elle le dit plutôt qu'elle ne le demanda, d'ailleurs.

Eddie l'aida à monter les escaliers et accrocha son manteau tandis qu'elle jetait un regard circulaire dans l'appartement. Elle voulait cuisiner, mais il l'obligea à s'asseoir et fit chauffer de l'eau pour le thé. La veille, il avait acheté des côtelettes d'agneau, et ce soir-là il bricola maladroitement un repas avec quelques amis et des camarades de travail, dont la plupart accueillirent une Marguerite au teint blafard avec des phrases du genre : « Eh bien, mais regardez un peu qui est de retour ! » comme s'il s'agissait d'une célébration festive et non d'une fête d'adieux.

Ils mangèrent de la purée dans un plat en pyrex, et en dessert des brownies au caramel ; quand Marguerite eut terminé son second verre de vin, Eddie prit la bouteille et lui en servit un troisième.

Deux jours plus tard, elle se réveilla en criant. Il la conduisit à l'hôpital dans ce silence qui précède toujours l'aurore. Ils communiquaient par phrases courtes, s'interrogeant sur le médecin qui pouvait bien être de garde, et sur celui qu'Eddie devrait faire appeler. Bien qu'elle fût sur le siège du passager, Eddie la sentait partout, dans le volant, dans l'accélérateur, dans un clignement d'œil, dans le raclement de sa gorge. Chacun de ses mouvements à lui revenait à s'accrocher à elle.

Elle avait quarante-sept ans.

« Tu as la carte ? interrogea-t-elle.

— La carte ?... » fit-il, déconcerté.

Elle inspira profondément et ferma les yeux. Quand elle reprit la parole, sa voix n'était plus qu'un filet, comme si respirer lui coûtait tous ses efforts.

« La carte de mutuelle, répondit-elle d'une voix rauque.

— Oui, oui, acquiesça-t-il vivement. Bien sûr que j'ai la carte. »

Ils se garèrent sur le parking et Eddie coupa le contact. C'était trop tranquille et trop calme tout à coup. Il entendait le moindre bruit, le grincement de son corps sur le siège en cuir, le cliquetis de la poignée, l'air se précipitant à l'intérieur, puis ses pieds sur le trottoir et le tintement des clés.

Il ouvrit sa portière et l'aida à sortir. Son cou était enfoncé dans ses épaules, on aurait dit une enfant frigorifiée. Le vent lui soufflait en plein visage. Elle renifla et leva son regard vers le ciel. Elle se dirigea vers Eddie et lui signala au loin le sommet d'une grosse attraction blanche, avec des nacelles rouges qui se balançaient comme des décorations à un arbre de Noël.

« On peut le voir d'ici, dit-elle.

– Quoi donc ? »

Elle détourna le regard.

« Notre petit nid. »


**Parce qu'il n'avait** pas dormi au Ciel, il sembla à Eddie qu'il n'avait passé que quelques heures en compagnie de chacune des personnes rencontrées. Et puis, en l'absence de nuit comme de jour, de sommeil comme de réveil, de couchers de soleil ou de marées, en l'absence de repas ou d'horaires, comment savoir ?

Avec Marguerite il n'avait qu'une envie, avoir du temps – de plus en plus de temps –

et ce lui fut accordé, des nuits, des jours, et encore des nuits. Ils franchirent les portes des différentes noces et parlèrent de tout ce qui leur passait par la tête. Dans une cérémonie suédoise, Eddie lui parla de son frère Joe mort d'une crise cardiaque dix ans plus tôt, un mois à peine après l'achat d'un nouvel appartement en Floride. Lors d'une cérémonie russe, elle lui demanda s'il avait gardé l'ancien appartement ; il lui répondit que oui et elle en fut ravie. Au cours d'une cérémonie en plein air dans un village libanais, il lui parla de ce qui lui était arrivé ici au Ciel, et elle semblait tout à la fois l'écouter et déjà savoir. Il lui parla de l'Homme Bleu et de son histoire, pourquoi certains meurent et d'autres vivent, puis du Capitaine et de sa leçon sur le sacrifice. Quand il évoqua son père, Marguerite se rappela les nombreuses nuits qu'il avait passées fou furieux après cet homme dont le silence le déconcertait tant. Eddie lui raconta que maintenant il avait mis les choses au clair avec lui ; les sourcils de Marguerite se relevèrent alors, ses lèvres se desserrèrent, et Eddie éprouva ce même sentiment chaleureux qui lui avait manqué des années durant, un sentiment suscité par le simple fait de rendre sa femme heureuse.

**Une nuit,** Eddie parla des changements sur Ruby Pier, comment les anciens manèges avaient été démontés et la musique à trois sous dans la galerie de jeux était devenue un rock'n'roll étourdissant, comment les montagnes russes faisaient à présent des spirales avec des voitures *suspendues* aux rails et comment les « attractions » dans l'obscurité – qui jadis se résumaient à des silhouettes de cowboys se découpant en peinture fluorescente dans le noir – étaient maintenant truffées d'écrans vidéo, comme une télé allumée en permanence.

Il lui donna les nouveaux noms. Adieu Chenille ou Chaises volantes. Et bienvenue Scream, Samouraï, Top gun ou Vortex.

« Ça fait drôle, non ? lui demanda Eddie.

– C'est comme les vacances de quelqu'un d'autre », lui répondit-elle, songeuse.

Eddie se rendit compte que c'était exactement l'effet que ça lui faisait, depuis toutes ces années.

« J'aurais dû chercher du travail ailleurs. Je regrette de ne nous avoir jamais sortis de là. Mon père. Ma jambe. Je me suis senti un vrai minable après la guerre. »

Il vit de la tristesse sur son visage.

« Qu'est-il arrivé pendant la guerre ? » s'enquit-elle.

Il ne lui avait jamais raconté les détails. Passés sous silence. De son temps, les soldats faisaient ce qu'ils avaient à faire et n'en parlaient plus une fois rentrés. Il pensa aux hommes qu'il avait tués, aux gardes, au sang sur ses mains. Avait-il jamais été pardonné?

« Je me suis perdu. J'ai perdu mon âme, dit-il.

— Mais non.

— Mais si », murmura-t-il, et elle se tut.

**Parfois, là au Ciel,** ils s'étendaient côte à côte. Mais ils ne dormaient pas. Sur terre, disait Marguerite, quand on s'endormait, on rêvait parfois au Ciel et ces rêves contribuaient à mieux l'imaginer. De toute évidence il n'y avait plus aucune raison maintenant d'avoir ce genre de rêve!

À la place, Eddie lui tenait l'épaule et ébouriffait ses cheveux dont il humait longuement le parfum. À un moment donné, il demanda à sa femme si Dieu savait qu'il était là. Elle sourit et répondit : « Bien sûr »; après quoi, Eddie reconnut qu'il avait occupé une moitié de sa vie à se cacher de Dieu, et l'autre moitié à se convaincre qu'il en était bien passé inaperçu.

# La quatrième leçon

**En fin de compte et** après bien des conversations, Marguerite fit franchir à Eddie une dernière porte qui les ramena dans la petite pièce circulaire. Elle s'assit sur le tabouret et joignit les mains. Puis elle se tourna vers le miroir et Eddie remarqua le reflet de Marguerite.

« La mariée doit attendre ici, dit-elle en se passant les mains dans les cheveux, consciente de son reflet, qui pourtant s'estompait.

« Voici le moment où l'on pense à ce que l'on est en train de faire. Qui l'on va choisir. Qui l'on va aimer. Si la décision est la bonne, Eddie, ça peut être un moment merveilleux. »

Elle se retourna vers lui.

« Il t'a fallu vivre de nombreuses années sans amour, n'est-ce pas ? »

Eddie ne répondit pas.

« Tu as eu le sentiment qu'on te l'a arraché, que je t'ai quitté trop tôt. »

Il se baissa lentement. Sa robe couleur lavande s'étalait devant lui.

« C'était le cas, lui dit-il.

— Tu m'en as voulu.

— Non. »

Les yeux de Marguerite étincelèrent.

« Enfin, si, avoua-t-il.

— Ce n'était pas sans raison.

— Laquelle ? Comment est-ce qu'il pouvait y en avoir une ? Tu es morte. Tu avais quarante-sept ans. Tu étais merveilleuse, tu es morte et tu as tout perdu. Moi aussi, d'ailleurs. J'ai perdu la seule femme que j'aie jamais aimée. »

Elle lui prit les mains.

« Non, c'est faux. J'étais ici, mais ton amour a perduré.

« L'amour continue d'exister, même après la mort, Eddie. Il prend une autre forme, c'est tout. On ne peut plus voir le sourire de ceux que l'on aime, ni leur apporter à manger, ni ébouriffer leurs cheveux, ni les faire danser. Mais quand ces sensations-là s'effacent, d'autres les remplacent. La mémoire. C'est la mémoire alors qui devient votre compagne. Et on la nourrit. Et on s'y accroche. Pour finir, c'est avec elle que l'on danse.

« La vie a une fin, c'est inévitable, pas l'amour qui, lui, est infini. »

Eddie pensa aux années qui avaient suivi l'enterrement de sa femme et qui lui avaient fait le même effet que regarder par-dessus une barrière. Il avait conscience d'un autre type de vie, là-bas au loin, tout en sachant qu'elle ne lui était pas destinée.

« Je n'ai jamais voulu d'autre femme que toi, lui dit-il calmement.

— Je sais.

— J'ai continué d'être amoureux de toi.

— Je sais. (Elle hocha la tête.) Je l'ai senti.

— Ici ? demanda-t-il.

— Oui, même ici, dit-elle en souriant. C'est ça, la force d'un grand amour perdu. »

Elle se leva, ouvrit une porte, et Eddie cligna des yeux en la suivant dans une pièce aux lumières tamisées, avec des chaises pliantes et un accordéoniste assis dans un coin.

« J'avais gardé celle-là pour la fin », lui dit-elle.

Elle tendit les bras. Et pour la première fois depuis qu'il était au Ciel, c'est Eddie qui amorça le contact, s'avançant vers elle, oubliant sa jambe, oubliant toutes les idées déplaisantes qu'il avait si longtemps associées à bals, musique et mariages, se rendant compte maintenant que c'était sa seule solitude qui les lui avait inspirées.

« Tout ce qui manque, ce sont les cartons du loto », murmura Marguerite en lui touchant l'épaule.

Il esquissa un sourire et lui prit la taille.

« Je peux te demander quelque chose ? dit-il.

— Oui.

— Comment tu as fait pour être aussi fraîche qu'au jour de notre mariage ?

— J'ai pensé que ça te plairait. »

Il réfléchit un instant.

« Tu peux changer ?

— Changer ? (Elle eut l'air amusé.) Pourquoi ça ?

— Pour redevenir celle que tu étais vers la fin. »

Elle baissa les bras.

« Je n'étais pas très jolie, vers la fin. »

Eddie secoua la tête comme pour assurer que ce n'était pas vrai.

« Tu pourrais ? »

Elle s'accorda un instant, puis revint dans ses bras. L'accordéoniste jouait ces notes qui leur étaient familières. Elle fredonna à son oreille et ils se mirent à danser ensemble, lentement, sur un rythme dont seuls mari et femme peuvent partager le souvenir.

*Tu t'es débrouillé pour que je t'aime*
*Je ne le voulais pas*
*Je ne le voulais pas...*
*Tu t'es débrouillé pour que je t'aime*
*Et tu le savais tout ce temps*
*Et tu le savais tout ce temps.*

Quand il baissa à nouveau la tête, elle avait quarante-sept ans, des ridules autour des yeux, les cheveux plus fins, et la chair en dessous du menton était flasque. Elle sourit et il lui sourit aussi ; aux yeux d'Eddie, elle était plus belle que jamais. Il ferma alors les yeux en lui confiant pour la première fois ce qu'il avait éprouvé depuis le moment où il l'avait revue :

« J'ai pas envie de poursuivre ma route. Je veux rester ici. »

Quand il ouvrit les yeux, ses bras étreignaient encore sa forme, mais elle avait disparu, ainsi que tout ce qui l'entourait.

## Vendredi 15 h 15

Dominguez pressa sur le bouton de l'ascenseur et la porte se referma avec fracas. Le hublot intérieur était doublé d'un hublot extérieur. L'ascenseur monta avec une secousse et Dominguez regarda disparaître le hall à travers la fenêtre grillagée.

« J'en reviens pas que cet ascenseur fonctionne encore, dit-il. Il doit dater du siècle dernier. »

L'homme qui l'accompagnait, un avoué spécialisé dans l'immobilier, hocha légèrement la tête pour faire semblant de s'intéresser. Il enleva son chapeau – l'air était étouffant et il suait – et regarda les numéros s'allumer sur le tableau en cuivre. C'était son troisième rendez-vous de la journée. Encore un et il pourrait rentrer chez lui pour dîner.

« Eddie ne possédait pas grand-chose, dit Dominguez.

– Hm-hm, fit l'homme en s'essuyant le front avec un mouchoir. Ça ne devrait pas prendre longtemps, alors. »

L'ascenseur s'arrêta après une dernière secousse, la porte s'ouvrit en grondant, et ils se dirigèrent vers l'appartement 6 B. Le couloir avait encore ces carrelages à damier noir et blanc des années 1960 et embaumait la cuisine à l'ail et la friture d'un voisin. Le concierge leur avait donné la clé, ainsi qu'une date butoir, mercredi prochain. Il fallait avoir débarrassé les lieux d'ici là pour le nouveau locataire.

– Ouah... fit Dominguez en ouvrant la porte et en pénétrant dans la cuisine. Joliment rangé, pour un vieux bonhomme. »

L'évier était propre, les plans de travail aussi. *Mazette*, se dit-il, *je crois pas que ça soit aussi bien rangé chez moi.*

« Des papiers ? demanda l'homme. Des relevés de banque ? Des bijoux ? »

Dominguez s'imagina Eddie avec des bijoux et faillit rigoler. Il se rendait compte à quel point le vieil homme lui manquait, combien ça faisait drôle de ne plus l'avoir là, aboyant des ordres et supervisant tout de son œil perçant. Ils n'avaient même pas vidé le contenu de son casier. Personne n'en avait eu le courage. Ils s'étaient contentés de laisser ses affaires à l'atelier, comme s'il allait revenir le lendemain.

« J'sais pas. Vous voulez vérifier ce truc dans la chambre ?

— La commode ?

— Ouais. Vous savez, je suis venu qu'une seule fois ici. Je connaissais Eddie qu'au travail. »

Dominguez s'appuya en travers de la table et regarda par la fenêtre de la cuisine. Il vit le carrousel. Puis il regarda sa montre. *En parlant de travail*, se dit-il.

L'avoué ouvrit le tiroir supérieur de la commode de la chambre. Il repoussa les paires de chaussettes soigneusement roulées et les caleçons blancs minutieusement empilés. Cachée en dessous, une vieille boîte recouverte de cuir ; ça avait l'air sérieux, ça. Il l'ouvrit prestement dans l'espoir d'une rapide trouvaille, mais fronça bien vite les sourcils. Rien d'important, en fait. Pas de relevés de banque. Ni de polices d'assurance. Juste un nœud papillon noir, un menu de restaurant chinois, un vieux jeu de cartes, une enveloppe contenant une médaille militaire, et le polaroïd jauni d'un homme entouré d'enfants, attablé devant un gâteau planté de bougies.

« Hé, fit Dominguez depuis l'autre pièce, c'est ça que vous cherchez peut-être ? »

Il ressortit avec une liasse d'enveloppes trouvées dans un tiroir de la cuisine, certaines provenant de la banque voisine, d'autres de l'administration des anciens combattants. L'avoué les feuilleta et, sans lever le regard, dit : « Ça fera l'affaire. » Il retira un relevé et prit mentalement note du solde. Puis, comme cela lui arrivait souvent au cours de ses visites, il se félicita mentalement de son portefeuille de valeurs et obligations, ainsi que de son plan retraite. Ça valait tout de même beaucoup mieux que de finir comme ce pauvre bougre, avec une cuisine impeccable pour toute fierté.

# La cinquième personne
## qu'Eddie rencontre au Ciel

**Du blanc. Il n'y avait que du blanc main-tenant.** Ni terre, ni ciel, ni horizon entre les deux. Seulement du blanc, pur et silencieux, aussi silencieux qu'une épaisse chute de neige lors d'un lever de soleil paisible.

Eddie ne voyait que du blanc. Et n'enten-dait que son souffle laborieux, suivi de l'écho de ce même souffle. Il inspira et entendit une inspiration plus forte. Il expira et entendit expirer aussi.

Eddie ferma très fort les yeux. Le silence est bien pire quand on sait qu'il n'y aura per-sonne pour le briser, ce qu'Eddie savait pertinemment. Sa femme avait disparu. Et il avait désespérément besoin d'elle, une minute, trente secondes, cinq secondes de plus, mais il n'y avait pas moyen de la joindre ni de l'appeler, pas moyen de lui envoyer un signe ni même de regarder sa photo. Il avait l'impression d'avoir dégringolé des escaliers et de s'être retrouvé en boule au pied des marches. Son âme était vide. Il n'était mû par aucune impulsion. Désarticulé et sans vie, il pendait, dans le vide comme à un crochet et comme s'il avait été saigné de tous ses fluides. Cela pouvait faire un jour ou un mois qu'il pendait là, cela pouvait faire un siècle.

Seul un faible bruit persistant le fit bouger et il souleva alors péniblement les paupières. Il s'était déjà rendu dans quatre poches du Ciel, avait rencontré quatre personnes, et bien que chacune eût été très mystérieuse à son arrivée, il sentait que ceci était d'un tout autre ordre.

Le même bruit tremblotant revint, plus fort maintenant, et Eddie, dans ce réflexe d'autodéfense qu'il avait toujours eu, serra les poings pour découvrir alors que sa main droite tenait une canne. Ses avant-bras étaient piquetés de taches brunes. Ses ongles étaient courts et jaunâtres. Ses jambes nues étaient couvertes par cette éruption rougeâtre – un zona – apparue durant les dernières semaines de sa vie sur terre. Il détourna les yeux pour ne plus être confronté à sa rapide déchéance. En termes humains, son corps touchait à sa fin.

Le frémissement réapparut, un roulement aigu fait de cris irréguliers et d'accalmies. Ce bruit, Eddie l'avait entendu dans les cauchemars qu'il faisait de son vivant et ce seul souvenir le fit frissonner : le village, l'incendie, Smitty puis ce caquètement couineur qui, à la fin, émergeait de sa propre gorge quand il avait essayé de parler.

Il serra les dents comme si cela pouvait y mettre un terme, mais le bruit continua, on aurait dit une alarme oubliée, jusqu'à ce qu'Eddie hurle dans la blancheur étouffante : « *Qu'est-ce que c'est ? Vous voulez quoi à la fin ?* »

Là-dessus le bruit aigu passa à l'arrière-plan, où il couvrit un autre bruit, un roulement ample et implacable – celui d'une rivière –, et la blancheur se réduisit alors à une tache de soleil se réfléchissant sur des eaux chatoyantes. C'est alors que le sol apparut sous ses pieds. Sa canne toucha quelque chose de ferme. Il était tout en haut d'une digue où une brise balayait son visage et où une brume donnait à sa peau un reflet humide. Il baissa les yeux et vit, dans la rivière, l'origine de ces cris perçants ; puis il fut inondé par le soulagement d'un homme qui découvre, après avoir agrippé sa batte de base-ball, qu'il n'y a finalement pas d'intrus dans sa maison. Le bruit – ce hurlement, ce sifflement, ce raclement – n'était que la cacophonie de voix d'enfants, des milliers d'enfants occupés à jouer en s'éclaboussant dans la rivière et à criailler avec des rires innocents.

*Alors c'était ça, le contenu de mes rêves ?* pensa-t-il. *Tout ce temps-là ? Mais pourquoi ?* Il examina les petits corps : les uns sautaient, pataugeaient, ou portaient des seaux, tandis que d'autres se roulaient dans l'herbe haute. Il remarqua un certain calme dans tout cela, pas de chahut tel qu'on en voyait en général chez les gamins. Puis il remarqua autre chose. Il n'y avait pas d'adultes, pas même d'adolescents, rien que de jeunes enfants à la peau mate, qui apparemment se surveillaient très bien tout seuls.

C'est alors que le regard d'Eddie fut attiré vers un gros rocher blanc où était assise une fillette élancée, à l'écart des autres ; elle regardait dans sa direction et, des deux mains, elle lui fit signe d'avancer. Il hésita. Elle sourit. Elle lui fit à nouveau signe d'un mouvement de tête, comme pour dire : *Mais oui, toi.*

Eddie s'appuya sur sa canne afin de pouvoir se frayer un chemin le long de la pente.

Il glissa, son genou malade céda et ses jambes le lâchèrent. Mais avant qu'il ne tombe, il sentit dans son dos une soudaine bourrasque de vent et fut propulsé vers l'avant puis redressé, pour finir par se retrouver là, debout devant cette fillette, comme s'il y avait été de toute éternité.

# Aujourd'hui, c'est l'anniversaire d'Eddie

*Il a cinquante et un ans. C'est samedi. Et c'est son premier anniversaire sans Marguerite. Il se fait un nescafé dans un gobelet en carton et avale deux tranches de pain grillé avec de la margarine. Dans les années qui suivirent l'accident de sa femme, Eddie déclina toute célébration avec ce seul argument : « À quoi bon me rappeler ce jour-là ? » C'était Marguerite qui insistait, faisait le gâteau, invitait les amis. Elle achetait toujours un sachet de friandises qu'elle nouait d'un ruban. « Ne crois pas que tu vas te débarrasser de ton anniversaire comme ça », disait-elle.*

*Mais maintenant qu'elle est partie, Eddie essaie. Au travail, il se plante en solitaire tout en haut d'une montagne russe, comme un alpiniste. Le soir, dans son appartement, il regarde la télévision. Puis il va au lit de bonne heure. Pas de gâteau. Pas d'invités. Il n'est jamais difficile d'agir de façon ordinaire quand on se sent ordi-*

naire, l'abandon livide est devenu la nouvelle couleur du quotidien d'Eddie.

Il a soixante ans, ça tombe un mercredi. Il va à l'atelier de bonne heure. Il ouvre un sachet contenant son sandwich et déchire un morceau de salami qu'il attache à un hameçon ; puis il fait tomber la ligne dans le trou pour pêcher. Il regarde le bout de salami flotter. Qui finit toujours par disparaître, avalé par la mer.

Il a soixante-huit ans, c'est un samedi. Il étale ses cachets sur le plan de travail. Le téléphone sonne. Son frère Joe l'appelle de Floride. Joe lui souhaite un bon anniversaire. Joe parle de son petit-fils. Joe parle d'acheter un appartement. Eddie répète « oui, oui » au moins cinquante fois.

Il a soixante-quinze ans, c'est un lundi. Il met ses lunettes et vérifie les comptes rendus d'entretien. Il remarque que la veille quelqu'un n'a pas fait sa ronde et que les freins de la Chenille n'ont pas été vérifiés. Il soupire et décroche une pancarte au mur – ATTRACTION FERMÉE TEMPORAIREMENT POUR ENTRETIEN – puis il traverse la promenade pour l'accrocher à l'entrée de l'attraction en question, où il entreprend de vérifier lui-même le tableau des freins.

*Il a quatre-vingt-deux ans, c'est un mardi. Un taxi se présente à l'entrée de la foire. Eddie se glisse sur le siège avant, traînant sa canne derrière lui.*

*« En général les gens préfèrent s'asseoir à l'arrière, lui dit le chauffeur.*

*– Ça vous dérange ? »*

*Le conducteur hausse les épaules.*

*« Non. Ça m'est égal. »*

*Eddie regarde droit devant lui. Il n'ajoute pas que de cette façon il a davantage l'impression d'être lui-même au volant, vu qu'il ne conduit plus depuis qu'on lui a refusé le renouvellement de son permis il y a deux ans.*

*Le taxi le conduit au cimetière où il va se recueillir sur la tombe de sa mère et de son frère, et ne s'arrête que brièvement devant celle de son père. Comme d'habitude il se réserve celle de sa femme pour la fin. Il s'appuie sur sa canne et contemple la pierre tombale en songeant à des tas de choses. Les friandises. Il pense aux friandises. Il se dit qu'aujourd'hui elles lui feraient tomber les dents, mais qu'il en remangerait volontiers si seulement ça pouvait être en sa compagnie.*

# La dernière leçon

**La petite fille se révéla être asiatique**, âgée de cinq ou six ans, avec un très beau teint mordoré, des cheveux noirs d'ébène, un petit nez aplati, des lèvres charnues entrouvertes sur des dents du bonheur, des lèvres pleines de gaieté aussi, et puis des yeux fascinants, noirs de jais, avec une pointe de blanc en guise de pupille. Elle sourit et battit des mains, tout excitée lorsque Eddie fit un pas supplémentaire vers elle; après quoi, elle se présenta.

« Tala, dit-elle en annonçant son prénom, les mains posées sur la poitrine.

– Tala », répéta Eddie.

Elle souriait comme si c'était le début d'un jeu. Elle désigna son corsage brodé, mal attaché aux épaules et mouillé par l'eau de la rivière.

« *Baro*, dit-elle.

– Baro. »

Elle toucha le tissu rouge qui enveloppait son torse et ses jambes.

« *Saya*.

– Saya. »

Puis ce fut le tour de ses chaussures, du genre sabots – *bakya* –, des coquillages irisés à ses pieds – *capiz* – et enfin d'une natte en bambou tissé – *banig* – étalée devant elle. Elle invita Eddie à s'y asseoir et l'imita, en repliant les jambes.

Aucun autre enfant ne paraissait faire attention à lui. Ils s'éclaboussaient, faisaient des roulades et ramassaient des pierres au fond de la rivière. Eddie regarda un garçon en frotter un autre à l'aide d'une pierre qu'il passait le long de son dos pour finir sous les bras.

« Laver, dit la fillette. Comme nos *inas*.

– Inas ? »

Elle détailla le visage d'Eddie.

« Les mamans », expliqua-t-elle.

Eddie avait entendu beaucoup d'enfants dans sa vie, mais dans la voix de celle-ci il ne détectait aucune des hésitations que les enfants peuvent avoir face aux adultes. Il se demanda si, avec ces autres enfants, elle avait choisi ce rivage du Ciel ou si, étant donné leur peu de souvenirs, on *leur* avait choisi ce paysage serein.

Elle montra du doigt la poche de la chemisette d'Eddie. Il baissa les yeux. Les cure-pipes.

« Ça ? » dit-il.

Il les sortit, les tordit et les assembla, comme il le faisait autrefois à Ruby Pier. Elle se mit à genoux pour examiner sa façon de procéder. Ses mains tremblaient.

« Tu vois ? C'est un... » il termina la dernière torsade « ...un chien. »

Elle le prit et sourit, un sourire qu'Eddie avait vu des centaines de fois.

« Ça te plaît ? lui demanda-t-il.

— Tu m'as brûlée », lui répondit-elle.

**Eddie sentit sa** mâchoire se contracter.

« Qu'est-ce que tu as dit ?

— Tu m'as brûlée. Enflammée. »

Sa voix était monocorde, comme celle d'un enfant récitant une leçon.

« Mon ina, elle m'a dit d'attendre dans la *nipa*. Mon ina, elle m'a dit de se cacher. »

Eddie baissa la voix, avec des mots lents et précis.

« De quoi... tu te cachais, ma puce ? »

Elle tripota le chien en cure-pipes puis le plongea dans l'eau.

« *Sundalong*, répondit-elle.

– Sundalong ? »

Elle leva les yeux.

« Un soldat. »

Le mot fit à Eddie l'effet d'un couteau dans la langue. Des images jaillirent dans sa tête. Des soldats. Des explosions. Morton. Smitty. Le Capitaine. Les lance-flammes.

« Tala, murmura-t-il.

– Tala, répondit-elle en souriant de son propre prénom.

– Pourquoi tu es ici au Ciel ? »

Elle posa l'animal.

« Tu m'as brûlée. Enflammée. »

Eddie sentit un battement derrière ses yeux. Tout se bouscula dans sa tête. Sa respiration s'accéléra.

« Tu étais aux Philippines... l'ombre... dans cette cabane...

– La *nipa*. Ina, elle me dit que je serai à l'abri là. Alors l'attendre. Pour être à l'abri. Puis un grand bruit. Grand feu. Tu m'as brûlée. » Elle secoua ses épaules étroites. « Moi pas à l'abri. »

Eddie déglutit. Ses mains tremblaient. Il plongea son regard dans ces grands yeux d'un noir intense et tenta de sourire, comme si c'était là le remède dont la fillette avait besoin. Elle lui rendit son sourire, ce qui le démonta davantage. Son visage se décomposa et il l'enfouit entre ses mains. Ses épaules et ses poumons ne résistèrent plus. L'obscurité, qui, durant toutes ces années, l'avait entouré de son ombre, finissait par se lever ; elle était bien réelle, cette enfant de chair et de sang, cette enfant adorable, et il l'avait tuée, l'avait fait mourir par le feu. Les cauchemars qu'il avait traversés, il les méritait tous. Il avait donc bien *vu* quelque chose ! Cette ombre à travers les flammes ! Morte de sa main ! *De sa propre main, comme diabolique !* Un flot de larmes filtra à travers ses doigts et son âme lui donna l'impression de s'effondrer.

Il poussa un cri plaintif et un hurlement s'éleva, émis par une voix qu'il n'avait jamais entendue auparavant, un hurlement venu du cœur même de son être, un hurlement qui fit gronder les eaux de la rivière et trembler l'air brumeux des cieux. Son corps se convulsa et sa tête tressauta, comme folle, jusqu'à ce que le hurlement cède la place à un semblant de prière, dont chaque mot était craché sous la pression essoufflée de la confession : « Je t'ai tuée, JE T'AI TUÉE », puis il murmura « Pardonne-moi », suivi de « PARDONNE-MOI, OH, MON

DIEU... », et pour finir « Qu'est-ce que j'ai fait?... MAIS QU'EST-CE QUE J'AI FAIT?... »

Il pleura encore et encore, jusqu'à ce que ces pleurs l'épuisent et le fassent trembler en silence, se balançant d'avant en arrière. Il était agenouillé sur une natte au bord d'une rivière, devant une fillette aux cheveux noirs qui jouait avec son animal en cure-pipes.

**Au bout d'un moment**, quand son angoisse se fut calmée, Eddie sentit qu'on lui tapotait l'épaule. Il leva les yeux et vit Tala qui lui tendait un caillou.

« Tu me laves », dit-elle.

Elle avança dans l'eau et lui tourna le dos. Puis elle enleva le baro brodé.

Il eut un mouvement de recul. Sa peau était terriblement brûlée. Son torse et ses épaules étroites étaient noirs, carbonisés et envahis par les boursouflures. Quand elle se retourna, son beau visage innocent était criblé de cicatrices grotesques. Ses lèvres tombaient et un seul œil était ouvert. Sa chevelure avait laissé la place à des plaques de cuir chevelu brûlé, couvertes maintenant de croûtes sèches et marbrées.

« Tu me laves », lui répéta-t-elle en lui tendant le caillou.

Eddie se traîna dans la rivière et prit le caillou. Ses doigts tremblaient.

« Je sais pas trop comment..., murmura-t-il, à peine audible. J'ai jamais eu d'enfant... »

Elle leva sa main carbonisée et Eddie la saisit doucement puis frotta lentement le caillou le long de son avant-bras, jusqu'à ce que les cicatrices commencent à s'atténuer. Il frotta plus fort; elles pelèrent. Il redoubla d'efforts jusqu'à ce que la chair brûlée tombe, découvrant une chair saine. Puis il retourna le caillou et frictionna son dos osseux, ses minuscules épaules et sa nuque, en finissant par ses joues, son front et derrière ses oreilles.

Elle se laissa aller contre lui, appuyant sa tête sur son épaule et fermant les yeux comme pour une sieste. Ses doigts suivirent doucement le contour des paupières. Il fit de même pour les lèvres difformes et les plaques couvertes de croûtes sur sa tête, jusqu'à ce que des cheveux noirs d'ébène se mettent à pousser et qu'il ait à nouveau devant lui le visage qu'il avait vu la première fois.

Quand elle ouvrit les yeux, leurs blancs, telles des balises, jetaient des éclairs.

« Cinq », murmura-t-elle.

Eddie abaissa le caillou et frissonna, sa respiration était courte et haletante.

« Cinq... ah oui... Tu as cinq ans ? »

De la tête, elle lui fit signe que non. Elle tendit alors cinq doigts. Qu'elle enfonça dans la poitrine d'Eddie comme pour dire *ton* cinq. *Ta cinquième personne.*

Une brise tiède se leva. Une larme roula sur la joue d'Eddie. Tala l'observa comme un enfant observe un insecte dans l'herbe. Puis elle parla dans le vide.

« Pourquoi triste ? dit-elle.

– Pourquoi je suis triste ? chuchota-t-il. Ici ? »

Elle pointa le doigt plus bas.

« Non, là. »

Eddie sanglota, un dernier sanglot vide comme si sa poitrine était à sec. Il avait laissé tomber toutes ses défenses ; un langage d'adulte à enfant n'était plus de mise. Il lui confia alors ce qu'il avait confié à Marguerite, à Ruby, au Capitaine, à l'Homme Bleu et, plus qu'à tout autre, à lui-même.

« J'étais triste parce que j'ai finalement rien fait de ma vie. J'étais personne. Et j'ai rien réussi. J'étais paumé. J'ai la détestable impression de ne pas avoir été à ma place. »

Tala récupéra dans l'eau le chien en cure-pipes.

« Si, à ta place, dit-elle.

– Où ? Sur Ruby Pier ? »

Elle hocha la tête.

« À réparer les manèges ? C'était ça ma vraie vie ? » Il souffla profondément. « Pourquoi ? »

Elle inclina la tête sur le côté, comme si c'était évident.

« Les enfants, tu les as protégés. Tu as été bon, à cause de moi », lui expliqua-t-elle.

Elle tortilla le chien contre la chemisette d'Eddie.

« À ta place, dit-elle, et avec un petit rire elle toucha alors l'écusson sur sa chemisette en ajoutant ces deux mots : Eddie Entretien. »

**Eddie s'effondra** dans la rivière. Les cailloux de ses histoires l'entouraient tous à présent, l'un chevauchant l'autre dans le lit du ruisseau. Il sentit sa forme fondre et se dissoudre ; il n'en avait plus pour longtemps, quoi qu'il soit advenu des cinq personnes qu'il avait rencontrées au Ciel, c'était à son tour maintenant.

« Tala ? » murmura-t-il.

Elle leva les yeux.

« La fillette de la fête foraine ? Tu sais quelque chose sur elle ? »

Tala fixa le bout de ses doigts et hocha la tête affirmativement.

« Est-ce que je l'ai sauvée ? Est-ce que je l'ai tirée de là ? »

Tala secoua la tête.

« Pas tirée. »

Eddie frémit. Sa tête retomba. Et voilà. Voilà comment finissait son histoire.

« Poussée », poursuivit Tala.

Il releva les yeux.

« Poussée ?

– Poussé ses jambes. Pas tirée. Tu l'as poussée. La grosse chose, elle tombe. Tu l'as sauvée. »

Eddie ferma les yeux comme pour nier.

« Mais j'ai senti ses mains ! C'est le seul détail dont je me souviens. Je n'aurais pas *pu* la pousser. J'ai senti ses *mains* ! »

Tala sourit et écopa de l'eau dans la rivière, puis elle glissa ses petits doigts humides dans la grosse main d'Eddie. Il sut immédiatement qu'elles y avaient déjà été.

« Pas ses mains à *elle*, dit-elle. *Mes* mains. Et maintenant moi je t'emmène au Ciel. Pour être en sécurité. »

**Là-dessus**, la rivière enfla rapidement, montant jusqu'à la taille, puis jusqu'à la poitrine et jusqu'aux épaules d'Eddie. Avant qu'il ne puisse reprendre sa respiration, le bruit des enfants au-dessus de lui disparut et il fut submergé par un courant aussi impétueux que silencieux. La main de Tala était toujours dans la sienne, mais il sentit son corps emporté loin de son âme, sa chair loin de ses os, et c'est ainsi que s'envolèrent toute la souffrance et la lassitude qu'il avait toujours en lui, chaque cicatrice, chaque blessure et jusqu'au moindre mauvais souvenir.

Il n'était plus rien maintenant, une simple feuille au fil de l'eau, et elle le tira doucement, à travers ombre et lumière, à travers toutes les nuances de bleu, d'ivoire, de jaune vif et de noir, dont il s'aperçut alors que chacune de ces couleurs sans exception représentait les différentes émotions de sa vie. Elle lui fit traverser les déferlantes d'un immense océan gris et il émergea dans une lumière rayonnante au-dessus d'une scène presque incroyable.

Il s'agissait d'une fête foraine avec des milliers de gens, hommes et femmes, pères, mères et enfants – des tas d'enfants –, enfants du passé et du présent, enfants à naître, côte à côte, main dans la main, avec leurs casquettes et leurs pantalons courts, des gens qui remplissaient la promenade, les attractions, les plates-formes en bois, assis sur les épaules ou les genoux les uns des autres. Ils étaient là ou seraient là, à cause des gestes simples et banals effectués par Eddie au cours de sa vie, des accidents qu'il avait évités, des manèges qu'il avait rendus plus sûrs, des tournées de vérification quotidiennes que personne n'avait jamais remarquées. Et bien que leurs lèvres ne bougent pas, Eddie entendait leurs voix, bien plus de voix qu'il n'aurait pu imaginer. C'est alors qu'une paix jusqu'ici inconnue descendit sur lui. Tala ne lui tenait plus la main à présent, et il monta en flottant au-dessus du sable, de la promenade, au-dessus des stands et des clochetons de l'allée centrale, vers le sommet de la grande roue blanche où, dans une nacelle qui se balançait doucement, une femme en robe jaune, sa femme Marguerite, l'attendait, les bras ouverts. Il s'en approcha, vit son sourire, et les voix se façonnèrent en une seule expression, divinement délicieuse :

*Notre petit nid.*

# Épilogue

La fête foraine de Ruby Pier rouvrit trois jours après l'accident. Les journaux parlèrent de la mort d'Eddie une semaine durant, puis d'autres tragédies la remplacèrent.

On ferma le Grand Plongeon pour la saison, mais l'année suivante il réapparut sous l'appellation de Kamikaze, une sorte de rituel initatique pour adolescents désireux de tester leur courage, et qui attira beaucoup de clients, pour le plus grand bonheur des propriétaires.

L'appartement d'Eddie, celui où il avait grandi, accueillit un nouveau locataire qui posa à la fenêtre de la cuisine du verre au plomb, obstruant ainsi la vue sur le carrousel. Dominguez, qui avait accepté de reprendre l'emploi d'Eddie, enferma les quelques biens de ce dernier dans une malle, qu'il déposa dans l'atelier à côté des souvenirs de Ruby Pier comprenant les photos de l'ancienne entrée.

Nicky, le jeune homme dont la clé avait coupé le câble, fit faire une clé neuve une fois de retour chez lui ; quatre mois plus tard, il vendait sa voiture. Il revint souvent à Ruby Pier, où il se vantait auprès de ses amis d'avoir pour arrière-grand-mère la femme qui avait donné son prénom à la foire.

Les saisons se succédèrent. Et quand l'année scolaire fut terminée et que les jours allongèrent, les gens revinrent vers cette foire au bord du grand océan gris ; ce n'était pas une foule aussi dense que celle des parcs d'attractions, mais elle n'était pas négligeable. Dès qu'il est là, l'été crée une tout autre atmosphère, le chant des vagues attire inévitablement les gens vers les plages, et ils s'agglutinent forcément autour des manèges, des grandes roues, des sodas et de la barbe à papa des foires installées à côté.

Des queues se formaient sur Ruby Pier, tout comme se formait une queue en un autre lieu : cinq personnes qui attendaient, dans cinq mémoires choisies, qu'une fillette prénommée Amy ou Annie grandisse, aime, vieillisse et meure, pour avoir finalement une réponse à ses questions : pourquoi elle avait vécu et au nom de quoi. Et dans cette queue il y avait maintenant un vieil homme à favoris, avec une casquette en toile et un nez tordu, qui patientait au Poussières d'étoiles pour lui apporter sa part du céleste secret : qui est qu'aucune vie ne se déroule en vase clos, elles se chevauchent toutes et le monde est tout plein d'histoires qui, au bout du conte, finissent par n'en plus former qu'une seule.

# Les Remerciements de l'auteur

L'auteur aimerait remercier Vinnie Curci, de Amusements of America, et Dana Wyatt, directrice des opérations pour le Pacific Park, à Santa Monica Pier. Leur aide dans mes recherches pour ce livre fut inestimable et leur fierté à protéger les clients des fêtes foraines se doit d'être saluée. Merci aussi au Dr David Collon, du Henry Ford Hospital, pour l'information sur les blessures de guerre. Et à Kerri Alexander, qui s'occupe, eh bien, de tout.

Ma très grande reconnaissance à Bob Miller, Ellen Archer, Will Schwalbe, Leslie Wells, Jane Comins, Katie Long, Michael Burkin et Phil Rose pour avoir cru en moi ; à David Black pour ce que devraient être les relations agent-auteur ; à Janine, qui a patiemment écouté la lecture à voix haute de ce livre, des tas de fois ; à Rhoda, Ira, Cara, et Peter, avec qui j'ai partagé ma première grande roue ; et à mon oncle, le vrai Eddie, qui m'a raconté ses histoires bien avant que je ne raconte les miennes.

# Et ceux de la traductrice

Édith Soonckindt aimerait dédier son travail à la mémoire de sa merveilleuse grand-mère Marguerite, qu'elle a souvent reconnue derrière celle d'Eddie, prénom de son grand-père aussi, ainsi qu'à celle d'Anja (un jour), et celle de son adorable grand-tante Carmen (quatre-vingt-dix-sept ans), décédée brutalement elle aussi durant ce même travail et dont les morts étaient tous venus la voir, la veille, en rêve. Elle aimerait également le dédier à Loïc, pour une première grande roue un bel été de leurs seize ans, à Caspar pour la deuxième, et à Estelle pour tant d'autres lumineux tours.

Elle aimerait remercier, par ordre d'apparition dans sa vie : sa mère, qui l'emmena religieusement à la foire autrefois, et dont la collaboration sur cette traduction aujourd'hui lui fut infiniment précieuse ; Dieu, qui semble prendre un divin plaisir à lui envoyer de célestes traductions à chaque fois qu'elle lui brûle des cierges ; la SCAM, la SACD et la SGDL (et sa délicieuse Bénédicte), pour lui avoir permis d'attendre paisiblement que Dieu entende ses chuchotements ; Philippe et Delphine, pour leur angélique intermédiaire ; Florent Massot, pour sa confiance, son humour, et son suivi ; et bien sûr Mitch Albom, pour nous avoir offert cet ouvrage qui, elle l'espère, restera longtemps logé dans votre cœur, comme autant de petites perles de bonheur...

# Table

281

Les cinq personnes...

Transcontinental
IMPRESSION
IMPRIMERIE GAGNÉ

IMPRIMÉ AU CANADA